AF185992

Rowohlt Verlag GmbH, Kirchenallee 19, 20099 Hamburg

Kontaktadresse nach EU-Produktsicherheitsverordnung:
produktsicherheit@rowohlt.de

Moritz Rinke, geboren 1967, studierte Angewandte Theaterwissenschaft in Gießen. Für seine Geschichten und Essays wurde er mehrfach ausgezeichnet. 1995 debütierte er als Dramatiker mit «Der graue Engel». «Republik Vineta» wurde 2001 zum besten deutschsprachigen Theaterstück gewählt, für das Kino verfilmt und war für den Mülheimer Dramatikerpreis nominiert, ebenso wie 2004 «Die Optimisten» und 2006 «Café Umberto» (rororo 24185). Im Rowohlt Taschenbuch Verlag wurden außerdem veröffentlicht: «Trilogie der Verlorenen» (rororo 23194), «Der Blauwal im Kirschgarten» (rororo 23455) sowie Rinkes Neufassung der «Nibelungen» (rororo 24514). 2010 erschien sein vielgelobter Roman «Der Mann, der durch das Jahrhundert fiel», der zum Bestseller wurde. Moritz Rinke lebt in Berlin.

«Moritz Rinkes neues Stück ist ein Stresstest für die moderne Bürgerlichkeit ... geschrieben in einem so geistreich-witzigen Dialog-Pingpong, wie das wahrlich nicht jeder deutsche Autor hinkriegt.» (Süddeutsche Zeitung)

«Wenn sich in dem Stück immer mehr die Sehnsucht nach dem pulsierenden Leben meldet, so entdeckt sich eine weitere geistige Herkunft: Mit dieser Melange aus tragischen und komischen Elementen führt Rinke eine Traditionslinie fort, an deren Beginn Tschechow steht.» (Neue Zürcher Zeitung)

MORITZ RINKE

Wir lieben und wissen nichts

Ein Theaterstück

Rowohlt Taschenbuch Verlag

2. Auflage Oktober 2021

Originalausgabe

Veröffentlicht im Rowohlt Taschenbuch Verlag,

Reinbek bei Hamburg, Mai 2013

Copyright © 2013 by Rowohlt Verlag GmbH,

Reinbek bei Hamburg

Aufführungsrechte Rowohlt Theater Verlag,

Hamburger Straße 17, 21465 Reinbek bei Hamburg

Umschlaggestaltung any.way,

Barbara Hanke / Cordula Schmidt

(Abbildung: Andrea Ventura / 2agenten)

Satz Garamond PostScript, PageOne,

bei Dörlemann Satz, Lemförde

Druck und Bindung BoD - Books on Demand GmbH,

Norderstedt, Germany

ISBN 978 3 499 24519 0

PERSONEN:

Hannah
Sebastian, *ihr Freund*

Roman
Magdalena, *seine Frau*

1.

Ein großer, leerer Raum mit Fenster zur Straße. Es ist das Zimmer von Sebastian in Hannahs Wohnung. Bücher stapeln sich. Auf dem einzigen Möbelstück, einem antiken Stuhl: Sebastian, er starrt vor sich hin. Hannah betritt den Raum, einen Koffer tragend. Sie starrt Sebastian an.

Sebastian
Trio ... Quartett ... Oktett, so nannten die das damals, man sprach sogar vom *Kammerorchester* ...

Hannah
Du sitzt ja immer noch da! Es kann jeden Moment losgehen ...

Sebastian
Papst Alexander der Sechste ließ am Vorabend von Allerheiligen fünfzig ausgewählte Kurtisanen auftreten, splitternackt ... Im Vatikan!

Hannah
Sebastian, bitte ... Hast du die Liste fertig?

Sebastian
Die sollten erst Kastanien aufsammeln, die ihnen von Männern zugeworfen wurden, und dann ging es kreuz und quer ... *Symphonieorchester*! ... Das musst du dir mal vorstellen, beim Papst! Da wundert einen doch gar nichts mehr ...

Hannah
Schreib bitte auf, in welche Richtung sie laufen müssen, damit sie den Bäcker finden ... *(Stellt ihm einen Umzugskarton hin und geht ab)*

Sebastian bleibt sitzen. – Hannah mit einem riesigen Entsafter, der aussieht wie eine Raumkapsel.

Sebastian

Am meisten interessieren mich die Adamiten. Das war die freieste Gesellschaft, die man sich überhaupt vorstellen kann …

Hannah

Fang an zu packen …

Sebastian

Wie heißt noch mal dieser Film mit dem kleinen Schauspieler …? Der mit der blonden Frau, die sich dann später getrennt haben?

Hannah

Sebastian …

Sebastian

Der ist in dieser Sekte … Diese wahnsinnige Szene, die er in dem Film gespielt hat, das war ein Sexgottesdienst für Eingeweihte, das ist bestimmt angelehnt an Alexander den Sechsten, da bin ich mir absolut sicher.

Hannah

Ich bin begeistert … Wo ist der Originalkarton?

Sebastian

Hannah, ich bleibe hier … Ich kann nicht, ich werde ständig irgendwo hingebracht, wo ich gar nicht hinwill. Stell doch bitte diesen schrecklichen Entsafter ab! Ich werde hier in der Abstellkammer wohnen.

Hannah

Sebastian, pack bitte deinen Koffer, unsere Tauschpartner sind in einer Stunde da! Und ich weiß nicht, ob die hier wohnen wollen mit einem fremden Mann in der Abstellkammer!

Sebastian

Ich bin hier kein fremder Mann, ich lebe hier!
Guck mal, ob deine Tauschpartner online sind, und
frag sie …

Hannah

Die sind nicht mehr online! Es gibt einen Vertrag,
wir tauschen Wohnungen, mit Möbeln, aber nicht mit
einem Mann in der Abstellkammer!

Sebastian

Ich lass mich nicht einfach umsiedeln!

Hannah

Du wirst nicht umgesiedelt!

Sebastian

Nein? Ach … Und Frankfurt? Ich sage nur: Frankfurt!

Hannah

Das war vor einem halben Jahr!

Sebastian

Das war vor vier Monaten! Ich weiß schon gar nicht
mehr, wo mir der Kopf steht vor lauter Kofferpacken.
Diese ständige Umsiedelei! Von Frankfurt habe ich
mich bis heute noch nicht erholt!

Hannah

Nicht diese Diskussion … Nicht jetzt! Wovon leben
wir denn?! Und könntest du hier vielleicht irgendetwas
reinstellen, bevor die kommen? Lass uns wenigstens
das Sofa rübertragen! *(Geht ab und kommt sofort mit einer
Pistole zurück)*

Sebastian

Ich glaube, ich bin die Seele dieser Wohnung geworden …
Ich glaube, deine Wohnung mag mich einfach … Ich
mag sie auch. Das war jetzt eine kleine, verschlungene
Liebeserklärung.

Hannah hält die Pistole auf ihn.

Sebastian

Gerade dieser Raum ist großartig, ich liebe diesen Raum! Hannah, ich überschlage mich ja heute mit Liebeserklärungen!

Hannah

Und was machen wir damit?

Sebastian

Nimm sie bitte runter, die ist geladen.

Hannah

Die ist was??

Sebastian

Scharf. Schussbereit … Mein Vater hat mir immer nur gezeigt, wie er sie lädt …

Hannah

Die liegt seitdem geladen da im Schrank …? Ich dachte, das wäre eine Attrappe …

Sebastian

Erst auf der Beerdigung, als der Sarg sich absenkte, wurde mir klar: Jetzt hat er mir seine schussbereite Napoleon Le Page vererbt, aber ich habe keine Ahnung, wie ich sie entladen soll.

Hannah

Versteck die am besten sofort!

Sebastian

(verbittert) Ich habe nichts bekommen, aber die, die ist echt! Er hat auf Kaninchen und Maulwürfe geschossen. Und auf die große alte Affäre meiner Mutter. Claude Gruber, ein Franzose. Eines Tages stand er bei uns in der Tür. Er wollte ihr die Briefe zurückbringen … Ich laufe ins Zimmer und sehe noch, wie mein Vater diese

Pistole senkt und das Blut des Franzosen auf die Briefe tropft …

Hannah

Das ist ja furchtbar, das hast du nie erzählt …

Sebastian

Fast wie bei uns, was? Ich hätte diesem Christian in jener Nacht in die Eier schießen sollen! Ich wäre dir gefolgt, und in dem Moment, als du wieder in seine Arme sinkst, hätte ich ihm …

Hannah

Wohin damit?? *(Legt die Pistole auf den Boden)* Mitnehmen geht nicht, damit lassen die uns nie im Leben in die Schweiz einreisen!

Sebastian

Hannah, ich kann nicht … Ich kann nicht!

Hannah

Ich *muss* aber! Ich brauche eine Wohnung dort, sie brauchen eine Wohnung hier, also kommst du mit, das haben wir tausendmal besprochen!

Schweigen. Sebastian starrt vor sich hin.

Hannah

Die Zimmer sahen im Internet doch ansprechend aus? … Ich bin heilfroh, dass wir die überhaupt noch gefunden haben, wochenlang war ja nichts … Und Zürich ist schön.

Sebastian

Zürich ist dekadent! Und dann werden wieder die schwarzen Tage kommen … Ich sitze dort allein herum, und alles in mir wird immer dunkler …

Hannah

Sag so was nicht … Du schreibst einen Beitrag über nackte Frauen und Männer, das ist doch irgendwie … heiter … unterhaltend …

Sebastian

Es geht nicht um nackte Frauen und Männer … Es geht um das Vorwort für den Bildband von der Academy of Research in Heidelberg, das habe ich doch erzählt! Über den Dionysoskult, über Rausch und Ekstase …

Hannah

Das meinte ich ja.

Sebastian

In Wirklichkeit geht es um eine Menschheitsverbrüderung … Um eine neue soziale Utopie, das sind nur die Stichworte.

Hannah

Darüber kannst du dir in Zürich Gedanken machen … Du läufst um den See, denkst nach, und in der Wohnung schreibst du es auf. Das ging ja in Frankfurt auch mit dem Katzen-Aufsatz.

Sebastian

Das war kein Katzen-Aufsatz.

Hannah

Es ging um Katzen … Um Katzenbilder.

Sebastian

Es ging um die kulturhistorische Bedeutung der Katze am Beispiel der Malerei … Ägyptische Antike … Leonardo da Vinci, Picasso! Meinst du, ich schreibe einfach x-beliebig über Katzen?

Hannah

Wir können uns jetzt nicht über Bilder mit Katzen unterhalten!

Sebastian

Auf keinen Fall kann man in Zürich über die Sozial-geschichte der Orgie schreiben, das widerspricht sich!

Hannah

Eben hast du noch gesagt: *Zürich ist dekadent*, also wider-spricht sich das überhaupt nicht, Zürich und Orgie passt, das wird ja wohl für die paar Wochen gehen!

Sebastian

Es sind zwei Monate! Warum lässt du dir kein Hotel buchen?

Hannah

Für zwei Monate buchen die kein Hotel, das ist unwirt-schaftlich!

Sebastian

Das ist eine Frechheit, die sparen auf meine Kosten! Und danach soll ich noch mit zu deinem Einführungs-kurs nach Basel!

Hannah

Basel ist auch sehr schön! Das liegt im Dreiländereck, und es sind nicht mal zwei Wochen …

Sebastian

Wenn ich *Zürich ist dekadent* sage, dann spreche ich vom sehr späten Spätkapitalismus, ja? Von der perversen, völlig degenerierten Macht des Finanzkapitals, das ja offenbar auch in Basel sein Unwesen treibt, sonst würden sie dich da ja nicht hinbestellen, also komm mir nicht mit dem Dreiländereck! Basel ist genauso dekadent!

Hannah

(setzt sich erschöpft auf ihren gepackten Koffer) – Es ist so anstrengend … Es ist so wahnsinnig anstrengend …

Schweigen.

Sebastian

Hannah, weißt du eigentlich, wie schwer es ist, sich auf neue Umgebungen einzustellen? Auf fremde Geräuschkulissen? Da ist jedes unbekannte Geräusch, das von irgendwoher kommt, wie eine Attacke. Man wird richtig angegriffen vom neuen Geräusch. Und du findest erst Frieden, wenn du so ein feindliches Geräusch eine Zeitlang kennengelernt hast. Erinnere dich, wie ich es hier gemacht habe.

Hannah reagiert nicht.

Sebastian

Diese Geräusche von oben, wenn Frau Lindt … Jeden Tag musste sie ihre Möbel rücken … Am Anfang bin ich fast gestorben, aber dann habe ich bei Frau Lindt geklingelt, um ein Gesicht für die Frau zu bekommen, die in ihrem Leben nichts hat als Möbelrücken. Ich habe mir die feindliche Geräuschkulisse menschlicher gemacht, verstehst du?

Hannah sitzt apathisch auf dem Koffer.

Sebastian

Ein rauschender Baum im Wind, wunderbar … Die Wellen des Meeres, wie beruhigend! Starker Regen, der an die Fenster prasselt, das macht keiner extra, oder ich müsste bei Gott klingeln und fragen, warum der Wind in den Bäumen rauscht oder der Himmel donnert … Aber bei allen menschlichen Geräuschkulissen denke ich erst einmal, das machen die Menschen extra! Und dann muss ich Feindbilder abbauen. Überall klingeln.

Mit Frau Lindt Kaffee trinken, irgendwelche Babys im Arm halten, damit ich bemitleidenswerte Existenzen hinter ihrem Krach erkenne. Weißt du, wie zeitaufwendig so etwas ist? Es gehört zum Schreiben dazu, aber es ist die schrecklichste Arbeit, und ich sehe mich schon angsterfüllt irgendwo in Zürich oder in diesem Dreiländereck sitzen und auf die fürchterlichsten Geräusche warten.

Hannah starrt in den Raum.

Sebastian
Frankfurt war der Horror! Wenn du nach Hause kamst, schliefen die Schmitts oben schon, aber was meinst du, was das tagsüber für Monster von Möbelrückern waren, dagegen ist Frau Lindt ein Lamm! In Frankfurt haben alle Möbel gerückt, die Hessen sind so, das muss man als Geistesmensch wissen, da wird den ganzen Tag irgendwas hin und her gerückt, von links, von rechts ... Unten ... Oben ... Rück ... Quietsch ... Dröhn ... Da war ich nur noch überall am Klingeln, um halbwegs menschliche Begründungen hinter diesem ganzen wahnsinnigen Gerücke zu finden ...

Hannah
(vor sich hinsprechend) Dem Katzen-Aufsatz hat es nicht geschadet.

Sebastian
Was ...?

Erschöpftes Schweigen.

Sebastian

Hannah, es war kein Katzen-Aufsatz ... Es ging mehr darum, wie es diesen Wesen gelingen konnte, Tausende von Jahren bei den Menschen zu leben, ohne sich anpassen zu müssen, als ob sie so etwas wie eine Mission hätten. Ich hatte sogar überlegt, etwas Größeres darüber zu schreiben, aber mir fehlten die richtigen Bücher, das kommt ja auch noch hinzu. Nie hat man die richtigen Bücher dabei, wenn man gezwungen wird, anstatt zu Hause zum Beispiel in Frankfurt bei den Möbelrückern zu arbeiten ... Einmal hatte ich in einem Interview mit Woody Allen gelesen, dass sich wohl auch Karl Marx für Katzen interessierte, aber hatte ich meine Marx-Bände dabei? Natürlich nicht!

Hannah

Marx gibt's auch digital. *(Springt auf)* Du sitzt hier den ganzen Tag herum! Jede Woche willst du in der nächsten Woche mit deinem großen Sonstwas beginnen, was uns angeblich Millionen einbringen wird, aber stattdessen schreibst du hin und wieder Vorworte, die nicht mal für einen Blumenstrauß reichen ...

Sebastian

Wir reden nicht über Geld, oder? Reden wir jetzt über Geld?!

Hannah

Dein ganzes Leben besteht aus Vorworten! Und nicht mal die Liste ist fertig ... Tolle Unterstützung!

Sebastian

Moment mal ... Wie heißt dein Kurs in Zürich? *Zen für Banker* ...?

Hannah

Nicht schon wieder ...

Sebastian

Doch, doch … Ich unterstütze dich, indem ich dir hin und wieder sage, was du eigentlich tust. Die Zen-Lehre war ursprünglich mal für Mönche und die Samurai gedacht. Für den konzentrierten und gerechten Umgang mit dem Schwert, aber nicht für Banker! Kannst du dir vorstellen, was passiert, wenn die jetzt auch noch zu Werke gehen wie japanische Schwertkämpfer?

Hannah

Ich lehre sie einfach nur, richtig zu atmen!

Sebastian

Wenn ich die Welt retten wollte, müsste ich dich an diesem Stuhl festbinden! Bankmonster auch noch die richtige Atmung zu lehren …

Hannah

Weißt du, dass solche *Bankmonster* auch Menschen sind? Dass man bei ihnen hier drinnen auch anklingeln kann wie bei Frau Lindt?

Sebastian

Ich weiß schon, wie du bei denen anklingelst …

Hannah

… Dass man bei ihnen auch sehen kann, dass sie in ihrem traurigen Leben vielleicht nichts anderes haben als Geld? So etwas ist tausendmal sinnvoller, als hier seit zwei Jahren ständig herumzusitzen und … und Schmuddelfilmchen zu gucken!

Sebastian

Ich gucke nicht ständig Schmuddelfilmchen …

Hannah

Leonardo da Vinci … Karl Marx … Menschheits-verbrüderung! Und dann … Klick … Mal so zwischen-durch … Soll ich dir sagen, was diese Schmuddelfilmchen für die Sozialgeschichte bedeuten? Ihr Männer kriegt in Gegenwart eurer Frauen keinen mehr hoch! Die Menschheit wird zugrunde gehen, wenn wir Frauen nicht begreifen, den Mann mit seinem Computer ins Bett zu nehmen …! Es geht vielleicht nur noch zu dritt …? Wenn wir das Kind zeugen, dann müssen wir im Bett online gehen …

Sebastian
Was redest du denn da?

Hannah
Ich träume jetzt fast jede Nacht von der Eisbärin! Wie sie ihre Jungen wärmt …

Sebastian
… Eisbären frieren nicht, es gibt überhaupt kein Problem.

Hannah
Doch! Am Ende taucht immer noch dieser Wolf auf! …

Sebastian
Hannah, bitte …

Hannah
… Sie kann für ihre Jungen überhaupt keine Nahrung heranschaffen …

Sebastian
Was soll denn das heißen, ich kann's nicht mehr hören, wieso träumst du ständig so etwas?!

Hannah
Solange der Wolf da steht, kann sie nicht weg! Wenn sie nur den Blick von den Jungen abwendet, dann stürzt sich …

Es klingelt.

Hannah

– Das ist eine Katastrophe … Es ist Viertel vor sieben … Die sind zu früh!

Sebastian

Dann machen wir halt nicht auf. Warum träumst du das, woher kommen denn diese Träume??

Hannah

Wir können die nicht vor der Tür stehen lassen!

Sebastian

Die sind zu früh! Was sind denn das für Pedanten?

Hannah

(an der Gegensprechanlage) Hallo? – Ja. Sie sind richtig … Willkommen! – Vorderhaus. Vierter Stock. – Nehmen Sie den Fahrstuhl …

Sebastian

Du hast dich von den asozialen Kräften unserer Gesellschaft kaufen lassen! *Atemkurse* für Banker sind ein Verbrechen, das wird mir immer klarer. Du versündigst dich an allem: an all den armen Sparern da draußen … Den ahnungslosen Steuerzahlern, den Verschuldeten in ihren unbezahlten Eigenheimen, an ganzen Kontinenten versündigst du dich … Und dann auch noch an den Zen-Meistern … Du trittst den Buddhismus mit Füßen!

Hannah

Sebastian, nicht jetzt!

Sebastian

Sag nicht immer *Sebastian*, wenn's ernst wird! Du hast unsere Universitäts-Jahre verraten! Davon ist nichts mehr übrig, nichts! Man studiert doch nicht Sozial- und Religionswissenschaften, um am Ende aus Bankern perfekt atmende Samuraikämpfer zu machen!

Hannah

Du übertreibst alles!

Sebastian

Ich übertreibe nichts, deine Träume stehen für die
gesellschaftliche Vereisung! Und du hast dich herunter-
kühlen lassen!

Hannah

Wir hatten eine Vereinbarung für Zürich getroffen!
Die ganzen Seminar- und Kurspläne sind jetzt so,
dass ich noch sechs Monate bis März arbeite und dann
aussetze und am 1. Juli wieder anfange, das ist alles so
abgesprochen, mit Herrn Schmidt vom Giroverband,
mit Sabine, mit Dr. Zivanovic, mit dir …

Sebastian

Abgesprochen?

Hannah

Ja, abgesprochen, vorbereitet!

Sebastian

Du hast mich da einfach so eingebaut, wie's passt!
Das wird mit dem Giroverband abgesprochen, mit den
Kursplänen von Sabine abgestimmt, mit Dr. Zivo …
bitsch …

Hannah

Zivanovic!

Sebastian

Ja, mit dem werden schon die Stillzeiten eingetaktet,
als ob ich nicht selbst welche bräuchte, mal ganz nebenbei …

Es klingelt. Hannah läuft zur Sprechanlage.

Hannah

Ja?! – Oh, nein … Das tut mir … Warten Sie, ich komme … *(Zu Sebastian)* Irgendjemand hat wieder die Tür vom Fahrstuhl …

Sebastian

… Wie soll das denn bitte gehen? Zwischen der Niederkunft und der Rückkehr zu deinen Samuraibankern liegen nach meinen Berechnungen zwei Wochen! Meinst du, der neue Erdenbürger ist nach vierzehn Tagen schon aus dem Gröbsten raus??

Hannah

Ich kann jetzt nicht! Scheiß Fahrstuhl! Sag *Guten Tag* und dann fang sofort an zu packen! *(Sie geht ab)*

2.

Sebastian sitzt wieder auf seinem Stuhl. Es ist, als vergegen-
wärtige er sich die letzten Sonnenstrahlen des Sommers –
bis es klingelt. Dann nimmt er die Pistole und öffnet die Tür.
Roman betritt den Raum mit einer großen Kiste.

Hannah
  (starrt Sebastian mit der Pistole an) –?!
Sebastian
  Guten Tag.
Hannah
  Kannst du nicht mal das Ding in Sicherheit
  bringen!
Roman
  (stellt die Kiste ab) Ich habe schon gedacht: Ihr Mann
  ist bestimmt Sportschütze oder Antiquitätenhändler.
  (Zu Sebastian) Klassisches Modell?
Sebastian
  Ich komme aus einer klassischen Selbstmörder-
  familie. Wir erschießen uns seit Generationen
  damit.
Hannah
  Darf ich vorstellen, das ist mein Freund Sebastian.
Sebastian
  Stimmt! … Einen Augenblick … *(Nimmt die*
  Pistole in die andere Hand) … Sebastian Schenck.
  Guten Tag.
Roman
  Roman Hansen.

Sebastian

Willkommen. Ganz alleine?

Roman

Danke. Meine Frau kommt gleich.

Hannah

In den Fahrstuhl passten nur wir zwei mit der Kiste.

Sebastian

Das muss sehr eng gewesen sein …

Kurzes Schweigen.

Roman

(zu Hannah) Wo bleibt die denn? Der Fahrstuhl müsste längst wieder oben sein.

Sebastian

Wussten Sie, dass sich Hemingway in den Mund geschossen hat? Das ist das Mutigste, das ich je gehört habe …

Hannah

Sebastian, bitte …

Sebastian

Hatten Sie eine angenehme Reise? Sie sind ja sehr pünktlich!

Roman

Ich habe schon zu Ihrer Frau gesagt: Ich hab aus dem Kombi das Maximale rausgeholt.

Sebastian

Was hat er?

Hannah

Er hat das Ding richtig heiß gefahren!

Sebastian

Ah, *Gib Gummi*!, was? *(Lacht)*

Roman

(lacht kurz mit) Ging terminlich nicht anders.

Schweigen.

Hannah

Na, dann würde ich sagen, packen wir mal schnell den Rest …

Sebastian

Gab's keine Staus?

Roman

Einmal war's zähflüssig. Dreieck Hockenheim.
Ich hatte noch überlegt, über Land, aber im Endeffekt, was soll's … *(Schaut sich irritiert um)* Nett hier.

Hannah

Es ist eigentlich das Wohnzimmer, aber meist benutzt es Sebastian, zum Arbeiten.

Sebastian

Ja, *im Endeffekt* benutze ich es … Ich liebe diesen Raum!

Schweigen.

Roman

Also, wie ich meine Frau kenne, versteht die den Fahrstuhl nicht. Ich steh übrigens in zweiter Reihe, das wird ja wohl fürs Ausladen gehen?

Hannah

Bestimmt.

Sebastian

Doch, doch.

Roman

Ich hab den Warnblinker an.

Sebastian

Vorbildlich!

Roman ab.

Hannah

Sag mal, spinnst du? Du kannst ihn doch nicht mit dem Ding da in der Hand … Was ist denn das für ein Empfang??

Sebastian

Lenk nicht ab! Dein Dr. Zinobitsch …

Hannah

Dr. Zivanovic!

Sebastian

Dieser Frauenarzt vom Balkan meint also wirklich, zwei Wochen Pause wären vollkommen ausreichend, ja? … Und jetzt muss nur noch das letzte kleine Bausteinchen nach Zürich fahren, um diesen mörderischen Masterplan umzusetzen!

Hannah

Mörderisch?! Ich will das vereinbarte Kind von dir, entschuldige, dass ich das so unromantisch sage, fürs Romantische wird's langsam eng!

Sebastian

– Hannah … Ich … In einem fremden Bett in Zürich …? Im Bett eines Mannes, der ernsthaft die Formulierung *Im Endeffekt* benutzt? … Armleuchter!

Hannah

Psst! Die stehen vielleicht schon wieder vor der Tür …

Sebastian

Ich zeuge doch mein Kind nicht im Bett von diesem Typen!

Hannah

Kinder werden überall gezeugt, das hat doch überhaupt keinen Einfluss auf das Kind, meinst du, im Bett von *Karl Marx* oder *Wilhelm Tell* wird es besser, oder was?!

Sebastian

Wilhelm Tell?

Hannah

Wir können auch jeden Tag auf den See rausrudern oder es in den Bergen machen!

Sebastian

(panisch, fast stimmlos, so als wolle man Unmenschliches von ihm) Es ... es wird alles über meinen Kopf ... Es muss doch auch ... spontan bleiben! ... Wenn man in der Stimmung ist ...

Hannah setzt sich. Erstarrt.

Sebastian

Ich meine, du hältst mir dein Handy vor die Nase mit einem ... Wie heißt das, *Fruchtbarkeits-App*? ... *Period Tracker*!? Ich lass mir doch von einem Tracker in so einem schwarzen Touchscreen-Kasten nicht vorschreiben, wann ich in die Schöpfung einzugreifen habe!

Schweigen.

Sebastian

Hannah, ich stelle mir so etwas vor wie eine feierliche Stunde der Übereinkunft ... Ein gemeinsames Sich-fallen-Lassen in eine neue Zukunft ... Aber wie soll ich mich fallen lassen in einem Bett, in dem ich, wenn ich drin liege, sofort denken muss: Hier schläft ein Mann, der die Formulierung *Im Endeffekt* benutzt?

Hannah

(spricht leise vor sich) Wenn man in der Stimmung ist ...

Sebastian

Außerdem habe ich das Gefühl, dass es momentan nur um dich selbst geht ... Und dass ein Kind nur eine Art Verlängerung deiner selbst ist, ja, ja ... Du verlängerst dich nur in dem Kind, ich werde darin gar nicht vorkommen, ich finde, wir sollten noch ein bisschen warten ... Ein Kind ist ja dann schnell da, das ist schon beneidenswert ... In der zwanzigsten Woche ist bei euch sogar schon das komplette Gehirn fertig, nach zwanzig Wochen, da stecke ich, wenn ich Glück habe, mal gerade in der Exposition, die Natur ist ein Witz gegen das, was da ausgebrütet werden muss ...

Hannah starrt ihn an.

Sebastian

... Und ich gucke nicht die ganze Zeit *Schmuddel-filmchen*! Weißt du überhaupt, wie man hier in den eigenen vier Wänden zugeballert wird mit Schmuddelsachen? Jeden Tag bekomme ich mindestens fünfzig Spams, für alle möglichen Vorlieben ... Weißt du, was NS ist? Oder GB? Bei NS habe ich erst an den Nationalsozialismus gedacht, aber damit meinen die Natursekt, Harnerotik! Dazu die Anti-Impotenz-Spams ... Betterthickness-of-your-penis, so nennen die das ... Was für eine Anmaßung! Der menschliche Körper wird in Profitbereiche zerstückelt! Schon wenn ich zum Bäcker laufe, sehe ich auf jeder Werbefläche einen halbnackten Arsch! Eiscreme, Getränke, Shampoo, überall geht's ja nur noch mit Ärschen, fünf Meter langen Strapsbeinen! Im Beischlaf umarmen wir Männer mittlerweile die irrsinnigsten Phantome!

Hannah

(wie erwachend) Mir das nach all den Jahren … *Wenn man in der Stimmung ist … (Will den Entsafter runtertragen)*

Sebastian

Ich will Brot kaufen und komme völlig over-sexed zurück! Und dann erwarten mich hier die Spams! HH steht offiziell nicht mehr für die Hansestadt Hamburg oder Hinterhaus, sondern für Hobbyhure! Das ist doch krank! Krank!!

Es klingelt.

Sebastian

Fremde Menschen sind auch wie Spams! Der Ungeist dieser Fremden, die du jetzt in unsere Wohnung lässt: Er wird für immer auf unseren Wänden kleben, er legt sich wie Fäulnis über die Flure bis ins Schlafgemach …

Hannah

Ich habe das damals für uns getan … Für uns! Und jetzt wagst du … Das wagst du?!

Sebastian

Er hat den *Warnblinker* an! Hast du das gehört? Ich habe in meinem ganzen Leben noch nie den Warnblinker angehabt!

Hannah

(öffnet die Tür) Kommen Sie herein …

Magdalena betritt den Raum. Sie trägt einen Anzug von Roman über dem Arm. Roman folgt ihr.

Roman

Dieser Fahrstuhl ... In der Zeit laufe ich ja fünfmal die Treppe hoch.

Magdalena

Guten Tag erst mal ... Ich bin Magdalena ...

Roman

... Das ist meine Frau. *(Zu Magdalena)* Ich geh wieder runter zum Ausladen.

Magdalena

Liebling, bleib bitte mal zwei Minuten stehen ...
(Zu Hannah) Mir ist immer noch ganz schlecht von seiner Raserei.

Roman

(zu Sebastian) Im Kombi liegt noch jede Menge Technik. Aber die Gegend hier ist sicher, oder? Macht einen guten Eindruck.

Sebastian

(zu Magdalena) Guten Tag. Sebastian ... Darf ich Ihnen das ...?

Magdalena

Danke ... Sehr aufmerksam.

Roman

(zu Magdalena) Ich musste die Zeit wieder reinholen, entspann dich! *(Zu Sebastian)* In der Firma gab's am Morgen noch Probleme mit dem aktuellen Missionsplan.

Sebastian

Missionsplan?

Roman

Datenbanken.

Magdalena

Eine freundliche Wohnung.

Hannah

Ich habe schon Ihrem Mann erklärt, Sebastian kann hier gut arbeiten, hier lenkt ihn nichts ab.

Sebastian

Ich nenne es das Bewusstseinszimmer.

Magdalena

Oh … So ein Zimmer haben wir leider nicht.

Sebastian

Es ist ein zeitloses Zimmer …

Hannah

(zu Roman) Sie können hier wirklich reinstellen, was Sie wollen …

Roman

Na dann … *(Will runter zum Auto)*

Magdalena

Können wir uns bitte noch zu Ende begrüßen?

Roman

Wir haben uns schon zu Ende begrüßt.

Magdalena

Aber wir sind gerade erst angekommen.

Hannah

(zu Roman) Die Gegend hier ist wirklich sicher …
Also wegen der Sachen im Kombi. Akademikerviertel …
Viele Anwälte …

Sebastian

(zu Magdalena) Schauen Sie mal, das ist eine sogenannte Vorderladerpistole. Mit so einer hat sich der russische Dichter Puschkin mit einem französischen Gardeoffizier duelliert.

Hannah

Sebastian …

Roman

Erschießen Sie sich bitte, wenn's geht, nicht in unserer Wohnung. *(Zu Magdalena)* Er ist aus einer Selbstmörderfamilie. Haben wir bei uns in der Nähe nicht einen Schießverein für ihn?

Sebastian

Ich brauche keinen Schießverein, danke …
(Zu Magdalena) Ich interessiere mich für die alten Dinge. Wenn Sie sie mal in die Hand nehmen wollen?

Hannah

Sebastian, bitte …

Sebastian

Spüren Sie den verführerischen Charme?

Hannah

(zu Roman) Den Kombitransporter geben wir bei der Vermietung bis wann wieder ab? …

Magdalena

Fühlt sich schön an … So kraftvoll …

Roman

(zu Hannah) Da ist die ganze Nacht jemand, die haben 24-Stunden-Service …

Sebastian

(zu Magdalena) Das ist das Langlebige! Aber die Konstrukteure von heute werden alle für die Kurzlebigkeit ausgebildet, wir werden umzingelt von kurzlebigen Dingen …

Roman

(zu Hannah) Ich hab schon vollgetankt, damit kommen Sie locker bis zur Grenze …

Sebastian

Alle wollen ewig leben, aber den Dingen, mit denen wir uns umgeben, schenken wir keine Kraft ...

Roman

Was haben Sie denn mit dem Monstrum vor?

Sebastian

Entsaften!

Hannah

Das ist ein Entsafter, den hatten wir schon im Studium, irgendwie funktioniert er immer noch ... Wir trinken sehr viel Frisches.

Magdalena

Hat der Dichter gewonnen bei dem Duell?

Sebastian

Leider nein. Er fiel getroffen in den Schnee.

Magdalena

Wie schade.

Hannah

Nimm ihr doch mal die Pistole ab!

Sebastian

Darf ich? *(Nimmt die Pistole)* Das ist die Stradivari unter den Handfeuerwaffen! *(Zu Roman)* Wollen Sie den Anzug im Schlafzimmer haben?

Roman

Wir machen das schon.

Sebastian mit Anzug und Pistole ab.

Magdalena

Können die nicht unseren Entsafter nehmen?

Roman

Meinetwegen.

Magdalena

Er hat auch eine Funktion für Zitrusfrüchte.

Hannah

Großartig.

Roman

Bei dem Ding da denke ich eher an Neil Armstrong als an Entsaften, das sieht ja aus, als ob man damit auf dem Mond landen könnte.

Sebastian

(zurückkommend) Wer will auf dem Mond landen?

Hannah

Die Hansens schlagen gerade vor, dass wir vielleicht ihren Entsafter …

Roman

Wir haben einen mit 400-Watt-Induktionsmotor.

Sebastian

Oh!

Hannah

Wir trinken einfach zu gern morgens Ingwer, Karotten …

Sebastian

Du! … Du trinkst Ingwer und Karotten, ich trinke ganz normalen Tee aus Filterbeuteln. Außerdem ist es ja auch scheißegal, was wir morgens trinken.

Kurzes Schweigen.

Roman

Na dann … *(Will endlich runter zum Auto)*

Magdalena

(hält ihn) Also, unsrer steht, wenn Sie in die Küche kommen, links … Neben dem Kühlschrank.

Roman

Den finden die schon, ich steh die ganze Zeit in zweiter Reihe …

Magdalena

Rechts ist auch ein Spachtel angebracht, mit dem Sie danach das Fruchtfleisch besser reinigen können. Fruchtfleisch klebt ja immer so.

Hannah

Ja, furchtbar …

Magdalena

Der Saft ist nicht dick, sondern fein. Sehr feiner Saft …

Roman

Dann musst du aber auch sagen, warum! *(Zu Hannah)* Wegen der Edelstahl-Zwillingswalzen. Eine Technik mit zwei Pressphasen.

Sebastian

Ihr Gerät scheint ja ein Meilenstein zu sein in der Geschichte der Entsaftung!

Schweigen.

Sebastian

(zu Roman) Wollen Sie ein Bier? Setzen Sie sich doch.

Hannah

Sebastian, ich glaube, die Hansens wollen jetzt …

Sebastian

Wieso? Wir haben uns eben ausführlich über die Zubereitung frischer Getränke unterhalten, möglicherweise haben die Hansens jetzt Durst bekommen?

Roman

Wir haben wirklich wenig Zeit …

Magdalena

Das geht schon, ein Schluck zur Begrüßung …
(Zu Roman) Das ist doch schön?

Roman

Hör mal, ich … *(Zu Sebastian)* Keine Umstände
bitte …

Sebastian

Ich finde auch … Einmal anstoßen muss sein!

Hannah

Sebastian …

Sebastian

Wir haben auch Prosecco!

Magdalena

Gerne.

Hannah

(zu Sebastian) Er steht in zweiter Reihe …

Magdalena

Na? Prosecco?

Roman

Du weißt, was in weniger als einer Stunde passiert?

Magdalena

(zu Sebastian) Er trinkt lieber Bier. Wir haben lange in
München, in den Biergärten gelebt, wir sind ja keine
Schweizer.

Sebastian

Also, ich fasse zusammen: Die Damen Prosecco, die
Männer Bier. *(Ab)*

Kurzes Schweigen.

Hannah

(zu Roman) Wann geht's für Sie hier beruflich los?

Roman

In 55 Minuten …

Hannah

Oh …Was machen Sie noch mal genau?

Roman

Ich kümmere mich um die Energieversorgung bei den Verbindungsübergaben.

Magdalena

Das versteht man doch gar nicht.

Roman

Ich war ja auch noch nicht fertig. *(Zu Hannah)* Ich, also meine Firma, wir haben an einem Datenübertragungssystem für M-Plus gearbeitet, das heute Abend in Kasachstan abgeschossen wird, zusammen mit einer russisch-ukrainischen Rakete.

Hannah

Sie schießen Raketen ab?

Roman

Satelliten. Die heiße Phase beginnt für mich morgen Nachmittag, wenn Heiloo I mit den anderen Satelliten Kontakt aufnimmt. Ich kann nur beten, *dass* er Kontakt aufnimmt.

Magdalena

Er meint, ein Satellit redet mit dem anderen.

Roman

Magdalena, bitte … Ein Satellit *redet* nicht, sondern übergibt Datenpakete. *(Zu Hannah)* Ein Mensch in der Mongolei oder im Dschungel, wo es kaum vernünftige Erdleitungen gibt, schickt eine E-Mail über Satellit nach Europa, meinetwegen zu Ihnen, zu Anna …?

Hannah

Hannah. Mit H.

Roman

Von vorne und von hinten?

Hannah

Ja ... So hat das noch keiner gefragt.

Roman

Also, falls Sie jemanden in der Mongolei kennen, das ist jetzt nur ein Beispiel, und der Ihnen eine E-Mail sendet, dann muss der Satellit, der die Mongolei ausleuchtet, die bestimmt sehr schöne Botschaft für Hannah an einen anderen Satelliten weiterleiten und der wiederum zum nächsten, bis die Daten unseren, Ihren Ausleuchtungsraum erreichen. Sie müssen sich das da oben vorstellen wie einen Staffellauf mit Daten.

Hannah

Wirklich aufregend.

Magdalena

Wie gesprächig du plötzlich bist ...

Roman

Das ist schon Wahnsinn! Unsere Großeltern haben noch Postkutschen gekannt, die über Kopfsteinpflaster fuhren, heute schieße ich Systeme ins Weltall, damit wir Download-Raten von zehn Megabit pro Sekunde haben ... *(Schaut auf seine Uhr)* Ich glaube, ich beame den Start an diese Wand.

Hannah

In 55 Minuten?

Roman

In 51 ...

Hannah

Das würde ich ja wahnsinnig gerne sehen.
(Schaut auf ihre Uhr)

Roman

M-Plus hat für alle Beteiligten einen Live-Stream eingerichtet, das wird hier mein persönliches Kontrollzentrum, wenn ich abends aus der Steuerungszentrale komme.

Hannah streicht sich durchs Haar und schaut einmal an Roman herunter, während der die Wand für den Abschuss fixiert.

Magdalena

Im letzten Herbst waren wir in Hamburg. Mit Blick aufs Wasser.

Roman

Elbe, ja …

Magdalena

Das war nicht die Elbe, Schatz.

Roman

GPS sagte Elbe.

Magdalena

Die Elbe fließt doch nicht durch Poppenbüttel.

Hannah

Haben Sie denn danach Ihre eigene Wohnung in einem harmonischen Zustand vorgefunden, das ist ja das Wichtigste?

Magdalena

Wir machen so etwas zum ersten Mal … In Hamburg waren wir in einem Hotel untergebracht.

Roman

Ich war untergebracht. Bei dir habe ich draufzahlen müssen.

Magdalena

Du hast nicht draufzahlen müssen.

Roman

Doch! Das wurde abgebucht.

Hannah

Also, wir waren in Frankfurt bei einem netten Lehrer-Paar …

Sebastian

(mit Tablett herein) Frankfurt war ein Albtraum! Wenn Sie je nach Frankfurt müssen, erkundigen Sie sich unbedingt nach Rückelgeräuschen. Die Menschen dort sind Möbelrücker vor dem Herrn, die rücken jeden Tag, den ihnen der liebe Gott gibt, ihre gesamte Einrichtung hin und her!

Hannah

Sebastian ist ein bisschen geräuschempfindlich … Also dann, zum Wohl. Auf eine gute … wie sagt man denn?

Magdalena

Tauschpartnerschaft.

Sebastian

Tauschpartnerschaft?

Magdalena

So nennen die das im Vertrag.

Hannah

Ich bin ja froh, dass wir Sie noch so kurzfristig gefunden haben. Wochenlang gab's für diese Kombination kein Angebot.

Roman

Das haben Sie meiner Frau zu verdanken. Ohne sie wäre ich im Hotel …

Magdalena

… Zum Wohl!

Sie stoßen an.

Magdalena

(schaut sich um) Hier ist alles so … so luftig.

Hannah

Zieht es etwa? Ist Ihnen kalt?

Magdalena

Nein, nein, ich finde die Wohnung sehr … übersichtlich!

Hannah

Vielleicht ist dieser Raum etwas überstrukturiert …
Sebastian braucht eine klare Ordnung für seine Arbeit.

Sebastian

Ich beschäftige mich gerade mit den Adamiten.

Roman stellt die Flasche ab und will runter zum Auto.

Magdalena

Interessant, nicht, Liebling?

Roman

Ja, ja … Da geht's bis dreitausend hoch.

Sebastian

Die ersten Adamiten tauchten im 2. Jahrhundert in
Nordafrika auf und dann im 15. Jahrhundert verstärkt
in Böhmen.

Hannah

(zu Roman) Die sind noch sehr unerforscht.

Sebastian

(zu Hannah) Er meinte wahrscheinlich die *Dolomiten.*
(Zu Magdalena) Die Adamiten sind auch keine
Terroristen oder Ameisen, sondern die freieste Gesellschaft, die es gab. Es herrschte eine Form der Liebe,
die alles miteinander teilte. Auch die Frauen.

Magdalena

Oh. *(Zu Roman)* Und du dachtest, das sind Berge …

Hannah

Sebastian ist Kulturhistoriker, da untersucht man heute alles Mögliche.

Roman

Also, so langsam ... *(Schaut auf seine Uhr)*

Sebastian

Der Utopist Charles Fourier unterschied zwischen den hochherzigen Gesellschaften und den egoistischen, die wir ja heute überall antreffen ... Man kann auch unterscheiden zwischen der edlen Orgie, wie sie von den Adamiten betrieben wurde, und den heutigen, den degenerierten.

Roman

(zu Hannah) Hier sind übrigens die Schlüssel.
Der große unten, der kleine oben, ganz einfach.

Sebastian

(zu Roman) Wissen Sie, was die Abkürzung KKF bedeutet? Sie glauben es nicht!

Hannah

Sebastian, hör bitte mit deinen Abkürzungen auf, Roman hat heute noch einen Abschuss ...

Sebastian

Einen *Abschuss?*

Magdalena

Die Tauschbörse schreibt auf ihrer Homepage:
Entdecken Sie die Seele einer fremden Wohnung ...
(Sich umschauend) Ich finde das interessant ...

Roman

Das ist ja noch ein uralter Zentrifugalentsafter! Wenn Sie den Drückkolben mit dem Drexler rausnehmen, können Sie damit auch Wäsche schleudern.

Sebastian

Wie sind denn Ihre Nachbarn so? Ich stelle mir die
Schweizer als unerschrockene Heimwerker vor, Bastel-
weltmeister … Bohr- und Klopf-Genies. Ich habe mal
gelesen, dass die sogar in der Wohnung Holz hacken?

Magdalena

Holz hacken? Nein … Es gibt ein paar Kinder, aber
das ist ja schön. Außerdem, wenn man selbst
eins hat, ist man froh, dass andere auch mal ein bisschen
Geschrei haben.

Sebastian

Was meinen Sie damit: *Mal ein bisschen Geschrei haben*?

Hannah

Sie haben Kinder?

Roman

Sie hat einen Sohn.

Magdalena

Er ist schon zwölf. Er ist nun für ein halbes Jahr bei
seinem Vater in Schweden.

Sebastian

Entschuldigung … Wer hat da genau wo *Geschrei*?

Magdalena

Die sind jetzt alle schon älter. So wie Christian.
(Zu Hannah) Er ist das Schönste, was ich auf der Welt
habe.

Sebastian

Ah, das ist ja ungewöhnlich … In der Pubertät sind die
Schweizer also eher stiller, ja?

Hannah

(schreit fast) Sebastian, das kann doch kein Mensch so
allgemein beantworten!

Schweigen. Betretenheit.

Hannah

(gibt Roman die Wohnungsschlüssel) Der ist für unten, dieser für oben. Post lassen wir nachsenden.

Roman

Ich bräuchte dann noch das Benutzerkennwort.

Sebastian

Wie bitte?

Roman

Fürs Internet. Sie haben doch WLAN … Haben Sie angegeben, dann brauch ich Ihr Benutzerkennwort.

Hannah

Sebastian, steht das auf der Liste?

Sebastian

Einfach anmachen … Da erscheint dann Freenet.

Roman

Bei Ihnen vielleicht, das ist der Provider. Ich brauch das Benutzerkennwort. Wie lautet das Netzwerk?

Sebastian

Freenet!

Roman

Nein, das Netzwerk ist das, was sie mit WLAN gekauft haben! Oder surfen Sie hier irgendwo heimlich mit?

Hannah

Ich glaube, Fritz-Box …

Roman

Und das Benutzerkennwort??

Magdalena setzt sich, von Romans Fragerei angegriffen, still auf den Stuhl und trinkt ihr Glas aus.

Hannah

(zu Sebastian) Ich weiß, dass du mal mit dem Computerfritzen ein Wort aufgeschrieben hast.

Roman

Sie müssen doch Ihr Benutzerkennwort wissen!

Sebastian

Ständig werden einem irgendwelche Kennwörter und
PINs zugewiesen ... Ich bin froh, wenn ich mein Handy
ankriege!

Hannah

Guck doch mal in dem Fritz-Dings-Karton! Oder steht's
auf dem Kasten?

Roman

Kasten? Meinen Sie den Router?

Hannah

Ja! *(Zu Sebastian)* Wo ist der Router?

Sebastian

Ich weiß, dass ich was aufgeschrieben habe ... Zahlen
und Buchstaben. Und der Computerfritze hat gesagt,
dass ich das sicher verstauen soll ... Früher haben sich
die Menschen ihre Hausnummer merken müssen, das
war's!

Roman

(läuft durch die Wohnung und sucht den Router) Sagen Sie,
haben Sie Netzwerkkabel da?

Hannah

(zu Sebastian, gestresst) Netzwerkkabel, haben wir das?!

Roman

Patchkabel? Home-Plug!

Sebastian

Home-Plug? Hannah ... Worum geht's eigentlich?
(Zu Roman) Setzen Sie sich doch erst mal.

Roman

Danke. Hier gibt's ja nicht mal einen zweiten Stuhl …

Hannah

Ich guck jetzt im Karton, irgendwo muss das Kennwort ja sein!

Sebastian

Warte, ich komm mit …

Beide ab.

Magdalena

Muss das jetzt sein? Kannst du nicht mit deinem Handy ins Internet?

Roman

So eine blöde Frage.

Magdalena

Du tust ja so, als wäre das dein persönlicher Satellit …

Roman

Pass mal auf …

Magdalena

Ich weiß, ich weiß …

Roman

Meine Batterie ist lebenswichtig für das ganze Energieversorgungssystem! Das ist eine Atombatterie, rate mal, was passiert, wenn die Beschichtung … Da sind extreme Temperaturschwankungen!

Magdalena

Ich frag ja nur … Ich dachte, dir ist der Abschuss an sich nicht so wichtig?

Roman

Da wird eben auch ein Teil von mir mit abgeschossen! Als ich die letzten Tage in der Firma war, da hat keiner gewagt, mich anzusprechen. M-Plus gibt uns nie wieder einen Auftrag, wenn da was schiefläuft!

Magdalena

Roman … Schatz … Hör mir zu … Ich wollte es dir schon die ganze Zeit …

Roman

… Was ist eigentlich los? Hast du auf der Raststätte irgendwas genommen? Seitdem wir hier sind, quatschst du dazwischen! GPS sagte *Elbe*, natürlich fließt die durch Poppenbüttel!

Magdalena

Durch Poppenbüttel fließt nicht die Elbe, das ist die Alster! Da haben deine Satelliten einfach falsch kommuniziert …

Roman

Was du so dahin plapperst! *Mit dem Handy* … Fünf-hunderttausend Megabit runterladen … Und dann guck ich mir im Minidisplay an, wie meine Atom-batterie ins Weltall geschossen wird?! *(Kniet vor dem Router)*

Magdalena

Was soll ich denn auf der Raststätte genommen haben? Und wann? Du hast mich ja gleich weitergehetzt … Bei achthundert Kilometern eine einzige Pipipause! Und selbst die musste ich mir erkämpfen …

Roman

Das darf doch nicht wahr sein … *(Sieht Magdalena fassungslos an)* In den Kontakten steckt Abdeckfarbe. Die haben da drübergestrichen!

Magdalena

(geht umher) Irgendetwas ist mit diesem Raum … Spürst du das? … Lass uns heute Nacht tanzen gehen …

Roman

Hör mal …

Magdalena

Ich zieh die roten Schuhe an!

Roman

Wäre es nicht das Beste, du fährst nach Hause?
Ich meine, was sollst du denn hier? Wir könnten von
dem Tauschvertrag zurücktreten, aufgrund dieser
katastrophalen Grundausstattung ist das locker
möglich, und ich geh dann ins Hotel, da wissen die
wenigstens ihr Benutzerkennwort … *Kasten* hat der
das hier genannt!

Magdalena

Kasten hat sie gesagt.

Roman

Dann sagen sie eben beide *Kasten*! Wie bei den Wilden
ist das hier, ich bin unter die Wilden geraten …

Magdalena

So spät können wir bestimmt nicht mehr von dem
Vertrag zurücktreten …

Roman

Und ob wir das können!

Magdalena

Ein Hotel hätte dir die Firma doch gar nicht mehr
gebucht.

Roman

Natürlich hätte sie gebucht! Aber selbstverständlich
nur für mich! Doch du wolltest ja aus heiterem Himmel
unbedingt mit!

Magdalena

In Hamburg hatte sie für uns noch ein Doppelzimmer
gebucht!

Roman

Magdalena, in Hamburg wurde die Differenz vom DZ zum EZ ganz am Ende beim Gehalt gegengerechnet, dazu 21 Frühstücke!

Magdalena

Und was war wohl mit dem Missionsplan heute Morgen?

Roman

Was soll mit dem Missionsplan gewesen sein, der lag noch nicht vor, da hat irgendwer gepennt!

Kurzes Schweigen.

Magdalena

Musst du eigentlich jede Frau, die du nicht kennst, so abscannen?

Roman

Was?

Magdalena

Hannah!

Roman

Ich hab sie nicht abgescannt. Ich habe ihr Datenströme erläutert.

Magdalena

Du hast sie so angeguckt, mit deinem Kontaktblick.

Roman

Wohin soll ich sonst gucken, hier ist ja nichts.

Hannah, aufgewühlt, mit dem Router-Karton, gefolgt von Sebastian mit Gebäck und einem zweiten Stuhl.

Sebastian

Probieren Sie mal.

Roman

Geben Sie mir erst mal den Karton …

Magdalena

Die sehen wirklich gut aus.

Roman

Da ist nichts drin …*(Lässt den Karton fallen)* Langsam reicht's mir …

Sebastian

Hafer.

Magdalena

Ich liebe Hafer.

Sebastian

(zu Roman) Für Sie habe ich einen Stuhl.

Hannah

(schreit Sebastian an) Kannst du dich vielleicht ums Kennwort statt um die Kekse kümmern?!

Sebastian

Liebling, wir hatten doch in der Küche gesagt, die Kekse und ein zweiter Stuhl wären bestimmt eine gute Ablenkungsstrategie?

Kurzes Schweigen.

Magdalena

Bei uns gibt es auch sehr gute Haferkekse … Wenn Sie rauskommen und dann rechts in Richtung Seilbahn Rigiblick gehen, kommt nach fünfzig Metern das Reformhaus.

Roman

(zu Magdalena) Ich steh in zweiter Reihe, wie oft soll ich das noch sagen?

Sebastian

Also, wenn man rauskommt: Seilbahn rechts …

Roman

(zu Sebastian) Wollen Sie Ihre Sachen jetzt unten schnell einladen, oder nicht?

Magdalena

(zu Hannah) Haben Sie vielleicht Fahrräder? Ich möchte, dass er auch mal Fahrrad fährt. Früher haben wir zweimal die Woche getanzt. Roman ist ein sehr guter Tangotänzer. Er führt so bestimmt …

Hannah

(kann ihre Genervtheit auch gegenüber Magdalena nicht mehr unterdrücken) Die Fahrräder sind kaputt …
(Zu Roman) Würden Sie vielleicht schon den Koffer und diese …?

Sebastian

Hannah, das ist überhaupt kein Grund zur Panik.
Wir haben doch die Nummer vom Computerfritzen, der notiert sich immer alle Kennwörter seiner Kunden, der kennt seine Pappenheimer.

Magdalena

Gibt es denn irgendwo einen Verleih für Fahrräder?

Roman

Magdalena, ich bin hier nicht zum Fahrradfahren!
(Zu Sebastian) Dann würde ich vorschlagen, Sie rufen ihn sofort an, den Computerfritzen.

Magdalena

(zu Sebastian) Jetzt muss ich aber etwas ganz Wichtiges fragen: Wenn die, die alles geteilt haben … Ich meine, wenn die, die Frauen geteilt haben … dann haben sie doch auch die Männer geteilt?

Sebastian

– Genau! Die Adamiten ... Ich war eben geistig noch bei den Fahrrädern. Die Adamiten waren, wie gesagt, eine hochherzige Gesellschaft.

Magdalena

Ich finde das Wort *hochherzig* so schön.

Sebastian

Paarbeziehungen mit all ihren Geboten und Schwüren hielten sie sogar für asozial und gefährlich, weil die Triebkraft des Menschen dann doppelt in eine andere Richtung explodiert ... Diktaturen ... Fundamentalismus ... Taliban ... Amokläufer ...

Hannah

Sebastian, ruf den Computerfritzen an ...

Sebastian

(zu Roman) Kennen Sie die Bonobos?

Roman

Ehrlich gesagt, nein.

Sebastian

Es gibt eine sehr interessante Untersuchung über die Bonobos.

Magdalena

Doch, du kennst sie, ich habe dir schon ganz oft von ihnen erzählt, das sind Zwergschimpansen.

Roman

Ich kann mich an keine Zwergschimpansen erinnern.

Sebastian

Ich fasse es nicht: Sie beschäftigen sich mit den Bonobos?

Magdalena

Ich hatte schon die ganze Zeit an sie gedacht. Ich arbeite

in einem Tierspital, in der physiotherapeutischen
Abteilung.

Sebastian

(zu Hannah) Wahnsinn, sie behandelt Bonobos!

Hannah

Sebastian, bitte …

Magdalena

Wir behandeln Hunde und Pferde, aber unser Warte-
zimmer ist voll mit Bildern von Bonobos, sie sind die
absoluten Glücksbringer für unsere Abteilung.

Sebastian

Als ob ich es geahnt hätte!

Hannah

Sebastian, er steht in zweiter Reihe!

Magdalena

(zu Roman) Hättest du mich ein einziges Mal in der
Abteilung abgeholt, dann wüsstest du jetzt, worüber
wir reden.

Sebastian

Das Interessante ist ja, dass die Bonobos in der Lage
sind, Streit und Zank und damit auch Krieg oder
Diktaturen durch sexuelle Handlungen zu vermeiden …

Roman

Du hast eine halbe Stelle! Wenn du Dienstschluss hast
in deiner Abteilung, arbeite ich noch! Soll ich etwa
alles stehen und liegen lassen, um mir Bilder von irgend-
welchen Affen anzuschauen?

Magdalena

Das sind nicht irgendwelche Affen! Bei uns hängen
Bonobos aus dem Tierpark Planckendael bei Brüssel,
da werden sie artgerecht gehalten, bessere Bonobos gibt
es nicht!

Sebastian

Planckendael! Hannah, wir sollten nach Planckendael fahren und uns das ansehen! *(Zu Magdalena)* Hängen bei Ihnen auch Katzen?

Hannah

Bitte, treib es nicht auf die Spitze …

Sebastian

Die ganze Menschheit könnte mit der Vermeidungs-strategie der Bonobos überleben! Futterneid zum Beispiel, der wird dadurch vermieden, dass es vor den Mahlzeiten zu Kopulationen kommt von einer durchschnittlichen Dauer von 13 Sekunden …
(Bietet Magdalena weitere Kekse an) Bitte …

Magdalena

Oh, gerne …

Sebastian

Hannah, unsere Haferkekse sind der absolute Volltreffer!

Magdalena

Millionen Pferde können sich ja schließlich nicht irren. *(Zu Sebastian)* Was glauben Sie, wie viele von diesen Keksen wir durchschnittlich pro Pferd bei der manuel-len Therapie verbrauchen?

Hannah

Gib mir die Nummer, ich ruf da jetzt selbst an!

Sebastian

Unterbrich mich nicht immer mitten im Gespräch! … Jetzt habe ich den Faden verloren …

Magdalena

Hafer senkt den Blutdruck und enthält kein Kleber-eiweiß wie Weizen.

Sebastian

Interessant.

Magdalena

Die meisten Menschen leiden im Gegensatz zu den Pferden an einer Verkleisterung des Magens.

Sebastian

An Verkleisterung? Das interessiert mich.

Hannah

Es reicht! Die Nummer??

Sebastian

(zu Roman) KKF heißt übrigens Kniekehlenfick.

Roman

Was?

Sebastian

So weit ist es schon gekommen! Ich kriege jeden Tag Mails mit KKF!

Roman

(zu Hannah) Wenn ich zurückkomme, brauche ich definitiv das Benutzerkennwort … *(Zu Magdalena)* In 39 Minuten startet mein Satellit, und du unterhältst dich über Hafer und Affen … *(Geht zur Tür)* Komm bitte … Oder soll ich mir auch noch selbst die Tür aufhalten? *(Roman ab)*

Magdalena folgt. Kurzes Schweigen.

Hannah

Das ist alles so peinlich!

Sebastian

Dann kümmere du dich doch um solche Sachen. Du willst ja schließlich Wohnungen tauschen. Schrecklicher Mensch! Wie der hier rumgetigert ist: *Wo ist der Router? … Wie lautet Ihr Benutzerwort?!*

Hannah

Das ist ihm eben wichtig!

Sebastian

Hast du gehört, was sie gesagt hat? *Man ist froh, dass andere auch Geschrei haben*! Das kann ja heiter werden!

Hannah

Das meinte sie, als ihr Sohn noch klein war!

Sebastian

Als ihr Rotzlöffel klein war, da waren sie noch gar nicht in Zürich, da waren sie in München, ich hör schon genau hin! Und er heißt Christian …

Hannah

Du lauerst doch die ganze Zeit nur, ob irgendetwas schlecht sein könnte … Ruf den jetzt an!

Sebastian

Ich reiß mich hier total zusammen und serviere Getränke, aber wenn ich an meine Aussichten denke … Ich hörte auch etwas von einer Seilbahn, das ist bestimmt ein Jodelgebiet. Geschrei von gestörten Heranwachsenden. Holzhacken zwei Meter über mir. Und nun auch noch Jodeln von fröhlichen Benutzern der Rigidings! Aber für die Nöte anderer Männer hast du ja Verständnis … Findest du den eigentlich toll?

Hannah

Was soll das jetzt?

Sebastian

Ihr habt euch so angeschaut, beim Anstoßen. Und er tanzt Tango!

Hannah

Wer *wollte* denn anstoßen? Mensch, Sebastian, die kommen rein, man sagt sich hallo, und du fängst an mit Gruppensex in Böhmen oder Afrika …

Sie müssen plötzlich beide lachen. Es ist wie eine kleine Erlösung.

Sebastian

Auf jeden Fall haben sie einen zivilisierteren Entsafter als wir ...

Hannah

Zwei Pressphasen! Die Frau geht mir auf die Nerven ... Diese Hafermonologe! Die passen doch überhaupt nicht zusammen.

Sebastian

War das nicht ein bisschen eng mit ihm und der Kiste im Fahrstuhl?

Hannah

– Gib mir bitte einen Kuss! ... In dreißig Minuten sind wir zusammen auf der Autobahn, ja?

Sebastian

Du hast aber gerade eine lange Pause gemacht? Nach dem Fahrstuhl ...

Hannah

Hast du das vorhin ernst gemeint mit dem *Momentan-Noch-Warten*? Ich glaube, es wäre dann plötzlich eine Zärtlichkeit in diesem Zimmer ... Auf einmal wäre alles da ... Ein Lächeln ...

Sebastian

So ein kleines Gurgeln, nicht wahr?

Hannah

Ja, genau! ... *(Sieht Sebastian erwartungsvoll an)* Und eine winzige Hand auf einer weißen Kinderdecke ...

Sebastian

Also, ich stelle mir so ein wirklich ganz leises Gurgeln vor ...

Hannah

Sebastian, ich weiß nicht, was ich dagegen machen soll … In jeder Nacht taucht dieser Wolf im Eis auf …

Sebastian

Hannah, bitte …

Hannah

… Bisher war es so, dass er weglief, wenn ich ihn nur lange genug beobachtet habe, aber seit ein paar Tagen …

Sebastian

Hör mit diesen Träumen auf!

Hannah

… Jetzt läuft er nicht mehr weg, jetzt nähert er sich den Jungen! Er kommt jede Nacht näher!

Sebastian

Er tut nichts!

Hannah

Doch! Ich kann nicht gehen, und gleichzeitig verhungern meine Kinder!

Sebastian

Hör auf damit! Träum endlich etwas anderes!

Hannah

– Ich stell denen hier noch Obst hin. Und ruf endlich den Computerfritzen an. *(Geht ab)*

Sebastian starrt vor sich hin. – Hannah kommt mit Obst.

Sebastian

Nehme ich Nietzsche mit oder nicht? Kann sein, dass ich ihn nicht brauche … Kann aber auch sein, dass ich nach zwei Wochen das Gegenteil feststelle, und dann ist er nicht da.

Hannah

Nietzsche gibt es auch in Zürich … *(Steht mit dem Obst da und schaut sich ratlos um)* Der Raum ist so unfassbar leer, dass ich jetzt nicht mal weiß, wo ich das …

Sebastian

Ich hab schon in Frankfurt alles neu gekauft, da fehlten mir plötzlich die Existenzialisten, die habe ich nun alle doppelt. Wenn mir in Zürich Nietzsche fehlt, springe ich in den See.

Hannah stellt das Obst einfach in der Mitte des Raumes ab und läuft auf Sebastian zu. Umarmt ihn.

Hannah

Ich möchte nicht, dass du in den See springst.
Du kannst meinetwegen auch alle Bücher mitnehmen, wir fahren ja mit dem Kombitransporter.

Sebastian

Das ist doch deren Kombitransporter?

Hannah

Nein, den haben wir extra zusammen gemietet.
Sie packen aus, wir packen ein. Habe ich dir doch erzählt.

Sebastian

Ganz schön ausgetüftelt.

Sie sitzen still auf den Stühlen.

Hannah

Hast du ihn erreicht?

Sebastian

Er ruft gleich zurück. Ich wünschte, bei mir würde es

auch so etwas geben wie bei dir … Alles so geplant …
Und mit der Welt verbunden.

Hannah

Aber das gibt es doch.

Sebastian

Das sind alles so kleine Dinge. Ich hangele mich von
einem Ast zum anderen … Nie kommt das Große …
Es passiert einfach nichts.

*Sie nimmt seine Hand. Man könnte in diesem Moment ahnen,
was die beiden zusammenhält.*

3.

Hannah ist dabei, Sebastians Bücher zusammenzupacken.
Roman kommt mit einer Kiste.

Roman
Bist du in irgendeinem Portal?
Hannah
– In einem Portal?
Roman
Mit Bildern, mit Profil?
Hannah
Wir sind doch schon in meiner Wohnung? ... Ich meine,
wir haben uns doch schon ... analog kennengelernt?
Sebastian
(kommt mit einem Stapel Bücher) – Störe ich? Soll ich
später ...?
Roman
Nein, nein ... Haben Sie's?
Sebastian
Habe ich was? *(Stellt seine Bücher ab)* Ja, der ruft gleich
an, dann haben wir's.

Magdalena kommt mit einem altmodischen Koffer.

Sebastian
Oh, was für ein schöner Koffer!
Magdalena
Mit dem hat meine Großmutter 1955 in Schweden ihren
Mann verlassen.

Sebastian

Das spürt man sofort. Das ist ein Fluchtkoffer!

Hannah

Sebastian, bist du mit Packen fertig?

Sebastian

Fast. Darf ich? *(Nimmt Magdalena den Koffer ab)*

Magdalena

Sie hat das Leben zwischen Köping und Kungsör nicht mehr ausgehalten.

Sebastian

Kungsör! Was es für Orte gibt …

Magdalena

Ja, und dann sogar noch dazwischen.

Sebastian

Ins Schlafzimmer?

Magdalena

Danke, das ist lieb.

Sebastian mit Koffer ab. Roman stößt einen der Bücherstapel um.

Roman

Herrje!

Hannah

Nicht so schlimm …

Roman

Die waren irgendwie im Weg … *(Räumt die Bücher an die Seite)*

Magdalena

Unterrichtet Ihr Freund als Professor an der Universität?

Roman

Ist das jetzt so wichtig? *(Schaut auf die Uhr)*

Hannah

Nein, wir haben nur zusammen studiert. Er ist frei-schaffend ... Freier Autor.

Sebastian

(kommt mit einer weiteren Flasche zurück) Nachschub!

Magdalena

Bravo!

Sebastian

(zu Roman) Lassen Sie's bitte liegen, ich mach das schon.

Magdalena

Sie sind freier Autor?

Hannah

Vielleicht lassen Sie meinen Freund jetzt packen, und ich schreibe Ihnen zu diesem Thema mal eine E-Mail, okay?

Sebastian

Was ist denn daran bitte so kompliziert? Du tust ja so, als ob es sich dabei um eine seltsame Krankheit handeln würde ... *(Zu Magdalena)* Was wollen Sie wissen?

Magdalena

Alles!

Sebastian lässt den Korken knallen und schenkt sich und Magdalena ein. Roman baut einen Beamer auf.

Hannah

Sebastian ... Das ist die Flasche für Dr. Schmidt!

Magdalena

Oh ... Keine Umstände bitte. Soll ich beim Packen helfen?

Sebastian

Ich brauche nichts. Nur diese Bücher ... Zum Wohl!

Sebastian stürzt das Glas herunter. Magdalena trinkt etwas zögerlich.

Sebastian
Ich bereite eine große belletristische Arbeit vor …

Hannah
Ich hoffe, es schmeckt!

Sebastian
(zu Magdalena) Wissenschaftlicher Ansatz, aber belletristisch … Die Hauptfigur, mir schwebt der Name Ulrich vor, wie finden Sie Ulrich?

Magdalena
Schön …

Sebastian
Das freut mich!

Hannah
Davon hab ich ja noch nie gehört … Ist das jetzt endlich *das große Werk*? *(Hält ihm ein dickes Buch hin)* Soll dann der Duden auch mit?

Sebastian
(zu Magdalena) Ulrich begeht ein Verbrechen und wird eingesperrt, damit fängt's an! Aber plötzlich werden 99 andere Männer mit eingesperrt, die nichts getan haben und ihre Gefangenschaft überhaupt nicht verstehen … Da sind welche, die verliebt sind, ein neues Leben beginnen möchten und ans Meer fahren …

Hannah ab.

Sebastian
Einer wollte eine Bank überfallen, um danach mit zwölf Russinnen Kokain zu schnupfen … Einer sich scheiden

lassen und mit einem homosexuellen Portugiesen zusammenleben … Der Nächste eine Therapie machen oder seine Frau umbringen und danach ein Haus in den Bergen kaufen, um allein zu leben …

Hannah läuft mit Büchern durch den Raum. Roman baut weiter an seinem Screen für den Start der Rakete.

Magdalena

Aber warum werden sie denn alle eingesperrt, wenn keiner was getan hat, außer dieser Ulrich?

Sebastian

Die hundert Männer sind alle eine Person! Verstehen Sie? Einer hat sich schuldig gemacht, aber die 99 anderen werden logischerweise mit eingesperrt … Man geht davon aus, Magdalena, dass wir Menschen uns bald in bis zu hundert Identitäten aufspalten können. Was da los sein wird in unserem Gehirn und den Nervenbahnen, da müssen wir dann aufpassen, dass wir beim Therapeuten nicht als Gruppentherapie abge-rechnet werden, sonst wird's teuer! *Ulrich* finden Sie als Namen passend?

Magdalena

Ulrich klingt nachdenklich. Auch ein bisschen traurig.

Sebastian

Ulrich hat schon vom Klang etwas Zerrissenes. Mit *Ul* geht's in die Tiefe, ins Dunkle, am Ende wird's wieder heller: *rich* … Hören Sie die Gegenbewegung?

Magdalena

Ul … rich … Ja! … Aber das geduckte *U* hat auch etwas von geheimen Leidenschaften.

Sebastian

Magdalena, Sie gefallen mir von Minute zu Minute
besser …

Magdalena

Die Bonobos werden in der Wissenschaft als *Pan
Paniscus* bezeichnet.

Sebastian

Kennen Sie das Bild des unbekannten flämischen
Malers mit dem Titel: *Affen und Katzen auf einem Masken-
ball*? Ich werde es Ihnen zeigen …

Hannah

(hereinkommend) Wenn ich mal stören darf …
(Zu Sebastian) Werfen wir deine restlichen Bücher aus
dem Fenster runter in den Kombi, oder wie möchtest
du das machen?

Roman

Fertig! *(Zu Magdalena)* Wo ist mein Hemd für morgen,
das weiße, gebügelte?

Sebastian

(zu Hannah) Der Duden ist übrigens nicht nötig. Sehe
ich so aus, als bedürfte ich des Dudens?

Roman

Der Beamer hat 1920 Bildpunkte, damit seh ich jeden
Kratzer am Satelliten … *(Zu Hannah)* Bei welcher
Bank bist du denn …? Ich meine, da sind Sie natürlich
in Zürich richtig.

Hannah

Ich bin bei keiner Bank. Ich arbeite mit verschiedenen
Angestellten von Banken.

Sebastian

Sie gibt spirituelle Kurse für Banker!

Hannah

Sebastian, bitte …

Sebastian

Atemkurse!

Hannah

Das ist doch zu kurz gegriffen! Es geht da um Menschen, die sehr unter Druck stehen …

Sebastian

Weiter! Erzähl doch!

Hannah

Hetz mich nicht so! *(Zu Roman)* Wir haben ein Programm entwickelt, das helfen soll, in angespannten Situationen gelassener und damit auch erfolgreicher zu agieren.

Magdalena

(zu Roman) Das wär auch was für dich …

Roman

Soso, meinst du?

Magdalena

Ich würde noch von dem Prosecco nehmen. *(Nimmt sich)*

Sebastian

Hannah ist großartig, die Banker sind ganz verrückt nach ihr!

Hannah

(zu Roman) Was wir machen, ist eigentlich ein Aus-gleichen … Intuitionstraining. Emotionale Intelligenz, Bewegungsmeditation …

Sebastian

Ratter das nicht so runter, erzähl doch erst mal, wo's herkommt, die Wurzeln! Hannah verkauft nämlich eine hohe, heilige Sache. *(Zu Roman)* Kennen Sie die Zen-Kunst?

Hannah

Das führt jetzt zu weit!

Magdalena

Nein, erzählen Sie doch ... *(Sie trinkt in einem aus)*

Sebastian

Sie lehrt die Vorstände, all die Sparer da draußen mit Hilfe der Zen-Kunst noch besser fertigzumachen und ihnen den Kopf abzuschlagen ...

Hannah

Ganz im Gegenteil, es geht darum, Gefühle zu entwickeln! Menschlicher zu werden! ...

Sebastian

Menschlicher ... Sagtest du *menschliche* Banker?!

Roman

Und dafür bezahlen die Sie?

Hannah

Von einem Kurs lebe ich und er ein gutes Jahr! Morgen um acht habe ich die erste Gruppe, Atemlenkung, senkrecht in die Tiefe atmen, Tan Tien! Noch was?

Magdalena

Tan Tien?

Hannah

Unterer Bauchraum! Das ist übrigens Champagner!

Sebastian

Beruhige dich, sie hat ja nur gefragt ... Hannah war Schülerin von Professor Wang Li. Von wem war wiederum Wang Li noch mal Schüler?

Hannah

Oi Saidan Roshi! Man muss den Leuten aber damit nicht gleich ins Gesicht springen!

Sebastian

(zu Magdalena) Früher hat sie auch Leute wie uns therapiert und alle, die bei drei nicht auf dem Baum waren … Hannah, eine kleine Übung wird doch wohl noch drin sein? Lehre uns, senkrecht in die Tiefe zu atmen … Alle mal auf den Boden setzen, Beine überkreuzen! *(Zu Roman)* Dieser Oi Saidan war einer der ganz Großen aus dem Hauptkloster.

Hannah

(zu Roman) Er will mir jetzt wieder erklären, dass ich den alten Meister verrate, weil ich mit Menschen auf Leitungsebene arbeite …

Sebastian

Mit Bankern. Nicht mit *Menschen auf Leitungsebene*, mit Bankern!

Roman

(zu Sebastian) Aber wenn die sie dafür bezahlen, dann ist das doch gut, dann versprechen die sich was davon.

Sebastian

Die versprechen sich davon, uns noch mehr ins globale Unheil zu stürzen! Auf den Boden setzen, Herr Hansen …

Hannah

… Wir müssen los!

Magdalena

(zu Roman) Setz dich doch mal zum Spaß auf den Boden?

Roman

Sei bitte still, davon verstehst du nichts … Das ganze System ist doch so aufgebaut … Ich habe gerade diesen Bericht gesehen, *Die Jobnomaden*, da geht's um Global Players und Jobnomaden, ich würde mich selbst so

bezeichnen: flexibel, mobil, digital, drahtlos … Wenn
ich an meine Kindheit denke, war ich im Mittelalter!

*Magdalena setzt sich mit der Flasche abseits auf einen der Stühle
und schenkt sich nach.*

Sebastian
Die Nomaden waren ein altes spirituelles Naturvolk,
das über die Steppe wandern musste, weil die Kühe
frische Wiesen brauchten. Wollen Sie die *Global Players*
etwa mit diesem Naturvolk vergleichen?

Hannah
Christian, es kann doch nicht schaden …

Sebastian
Sebastian! Ich heiße Sebastian, Christian war der andere
Mann!

Hannah
… Es kann doch nicht schaden, wenn Banker oder
Global Players irgendwann einmal Dinge erfahren, die
ihnen helfen, gute, bessere Entscheidungen zu treffen!
Dass sie zur Ruhe kommen! Dass sie authentische
Menschen werden!

Sebastian
Die sind authentisch! Mach sie um Gottes willen nicht
noch authentischer! Im Sinne von deinem O Sushi gibt
es keine guten Entscheidungen, die ein Banker treffen
könnte!

Hannah
Oi Saidan Roshi!!

Roman
Natürlich sind wir kein Naturvolk. In dem Bericht
Die Jobnomaden geht es um Menschen der Zukunft …

Hannah

Man kann sehr wohl Menschen helfen, bessere Entscheidungen zu treffen! Man muss ihnen nur nicht gleich mit dem Hintern ins Gesicht springen! Jemanden zur Ruhe bringen geht anders! *(Zu Roman)* Möchten Sie Obst?

Roman

Obst? Nein, danke, ich möchte jetzt das Benutzerkennwort! *(Schaut auf die Uhr)*

Sebastian

Hannah, wenn deine geliebten Banker nicht zur Ruhe kommen, dann weil sie Dinge tun, mit denen ein Mensch im tiefsten Inneren nicht leben kann! Daran sollte man etwas ändern, nicht an ihrer Atemtechnik! Was glaubst du, was passiert, wenn die plötzlich auch noch richtig atmen!?

Magdalena

(steht auf) Lieber Herr Sebastian! Wenn die anderen 99 plötzlich sagen würden: Nein, Ulrich, wir werden jetzt unser eigenes Leben leben! Würden sie dann aus dem Gefängnis herauskommen?

Kurzes Schweigen.

Roman

Halt bitte den Mund und hör sofort auf zu trinken.

Magdalena

Ich halt schon die ganze Zeit meinen Mund! Sonst würde ich nämlich mal fragen, warum du dich nicht wunderst, dass die Firma dir kein Hotel …

Roman

Ständig fängst du mit dem Hotel an, du bringst mich noch um! … Schatz, noch mal: Wenn ich allein wäre, dann wäre ich jetzt im Hotel, aber du wolltest ja unbedingt mit, da hätte ich im Hotel draufzahlen müssen.

Sebastian

(zu Magdalena) Sagen wir es mal so: Die anderen
99 Ulrichs würden vielleicht alle rauskommen,
aber schon vor dem Gefängnistor ginge die Diskussion
wieder von vorne los.

Magdalena

Weil die anderen 99 alle in dem einen Ulrich sind,
da zerreißt's einen!

Hannah

(zu Sebastian) Sag mal, meinst du, ich sollte noch schnell
einen Flug buchen, und du fährst irgendwann nach?

Roman

(hält Sebastian sein Handy hin) Fünf Minuten sind rum ...
Rufen Sie ihn an?

Magdalena setzt sich und trinkt.

Sebastian

Wen? *(Zu Magdalena)* Der Ulrich geht Ihnen nicht aus
dem Kopf, was?

Roman

Ihren Computerfritzen, wen denn sonst?

Sebastian

Hannah, hast du die neue Nummer von dem? Ich hatte
es vorhin schon versucht, aber ich hab wohl noch die
alte, das ist bestimmt so ein Tarifjunkie ... Immer neue
Nummern ...

Hannah

Ich hatte nicht mal die alte! Mach mich bitte nicht
wahnsinnig ...

Roman

Welcher Anbieter??

Sebastian

Ich glaube, er hieß Dirk …

Roman

Dirk?

Hannah

(fassungslos) Du hast doch vorhin gesagt, du hast ihn angerufen??

Sebastian

Der macht das so, ohne Anbieter …

Roman

Also, das war gar keiner von Fritz-Box??

Hannah

Wer hat dich denn zu diesem Dirk vermittelt??

Sebastian

Weiß ich nicht mehr … Der war plötzlich da …

Hannah

Irgendwer muss ihn dir doch empfohlen haben! Der war doch nicht einfach plötzlich da, ohne dass du irgendeine Referenz …

Sebastian

Mein Gott, ich hab's vergessen, du kannst dir ja nicht mal meinen Namen merken! Ich heiße Sebastian!

Roman

Wo haben Sie denn den Router her, ich meine, wer war zuerst da: dieser Dirk oder die Fritz-Box??

Magdalena

(steht wieder auf) Nicht schon wieder dieser Terror …

Roman

Sei ruhig … Jetzt kommt eine kurze Ansage: Ohne Kennwort platzt dieser Tauschvertrag … Was hier vor-

liegt, nennt man eine vertragliche Leistungsstörung.
Und wenn die nicht in drei Minuten behoben ist, geh
ich ins Hotel, und du fährst nach Hause. Dann können
die ja in Zürich campen.

Schweigen.

Sebastian
Donnerwetter. Eine Drohung ...

Hannah
(sinkt auf einen der Stühle) Immer dieses Chaos ...
Ständig fehlt was ... Dieses unfassbare, praktische
Versagertum ...

Roman
(zu Magdalena) Schlürfst hier die ganze Flasche leer und
sagst mir, ich soll bei ihr Atemübungen machen? Ich
lebe nun mal in dieser Welt! Ich arbeite mit Satelliten,
nicht mit rheumatischen Kaninchen!

Magdalena
Ich arbeite nicht mit Kaninchen, zu uns in die Ab-
teilung bringen berühmte Springreiter ihre Pferde ...
(Zu Hannah) Einmal kam sogar Schockemöhle mit
einer Oldenburger Fuchsstute, da musste ich die
Gangbildanalyse auswerten ...

Hannah
Toll ...

Sebastian
Eine *Oldenburger Fuchsstute*!

Magdalena
Die hatte Knieprobleme nach einem Trauma,
da haben wir mit ihr über Monate Übungen machen
müssen ...

Hannah

Sebastian, hat Frau Lindt unten Internet, oder die Bergmanns?

Roman

Ich surf doch nicht irgendwo mit, ich brauche absolute Signalstärke! Ich kenn das doch, diese ständigen Schwankungen, niedrig, sehr niedrig, dann läuft man alle möglichen Empfangsorte ab, und am Ende hauen diese Bergmanns aus Versehen ihren Router um, und bei mir bricht alles zusammen!

Sebastian

Herr Hansen, wenn das so weitergeht, werden die Kinder bald mit WLAN am Bauchnabel geboren …

Hannah

(springt auf) … Weißt du eigentlich, was auf dem Spiel steht?! Alles ist abgesprochen, mit Dr. Schmidt, mit Sabine, die ganze Schweiz steht mir nach dem Seminar offen, aber wenn das wegen dir schiefgeht, dann … dann! …

Sebastian

Du hast in deiner Aufzählung den Frauenarzt vom Balkan vergessen …

Hannah

Nicht in diesem Ton … Wie du mich nervst!! Mit deiner Schusseligkeit …

Magdalena

(zu Hannah) Fragen Sie ruhig die Bergmanns. Vielleicht geht es ja doch?

Roman

Kommt gar nicht in Frage, im Tauschvertrag steht *Wohnung mit WLAN*, wir lassen die bei uns ja auch nicht auf dem Trockenen sitzen! Dass es hier nur zwei

Möbel gibt und drei Bananen, ist mir scheißegal, aber ein Kennwort sollte es schon sein ...

Magdalena

(zu Sebastian und Hannah) Sonst wohnen wir eben alle bei uns? Also, mich stört das nicht ...

Hannah

(zu Roman) Passt Ihnen diese Wohnung etwa nicht? Sollen wir hier noch einen Designersessel hinstellen mit Chips?!

Roman

Chips?

Sebastian

Ich hab's! – Ich habe das Benutzwort in ein Buch geschrieben.

Kurzes Schweigen.

Hannah

Sebastian, in welches Buch??

Sebastian

Ich habe es auf jeden Fall auf die linke Seite eines Buches geschrieben ... Hm ... Einen Moment bitte ... Ich muss nachdenken ... *(Nimmt eine denkende Haltung ein)*

Alle schauen Sebastian an.

Magdalena

Also, es gibt die Bücher hier und die, die schon im Treppenhaus stehen. Wir könnten uns in zwei Lesegruppen aufteilen, die alle nur links lesen ... Wie findest du das, Tiger?

Roman

Halt endlich die Klappe … *(Läuft zwischen den Bücher-stapeln umher)*

Hannah

Sebastian, in welchem verdammten Buch steht das Benutzerkennwort?!

Sebastian

Ich weiß, dass ich mir eine Eselsbrücke gebaut habe … Also, ich verspreche, ich werde es herausfinden … *(Küsst Hannah auf die Stirn)* Welches Buch steht deiner Meinung nach für die immer komplizierter werdende Welt, in der die Menschen nur noch hysterische Geschöpfe ihrer eigenen Erfindungen sind?

Roman

(hebt ein Buch hoch) Der Idiot?

Hannah fängt plötzlich an zu lachen. Sie ist selbst überrascht, sodass sich auch Roman, ebenfalls überrascht durch seine erheiternde Bemerkung, zu lockern scheint.

Sebastian

Was ist denn daran so komisch?

Hannah

Das ist doch komisch, das musst du zugeben, das passt doch jetzt zu dir.

Magdalena

Der Idiot von Dostojewski ist gar nicht idiotisch, das ist eigentlich ein Ritter.

Roman wühlt und blättert in den Büchern. Sebastian schaut dabei zu, als würden sie vergewaltigt.

Roman

Was macht ein *freier Autor* eigentlich den ganzen Tag?

Hannah

Das frage ich mich auch manchmal …

Hannah und Roman lachen zusammen, während Sebastian immer kläglicher wirkt.

Roman

(schaut auf die Uhr) Noch 27 Minuten … Fragen wir
doch bitte in Gottes Namen diese Bergmanns …
(Zu Hannah) Welcher Stock?

Hannah

Eins drunter. Ich gehe hin … Bestimmt ist die Signalstärke ausreichend …

Roman

Hoffen wir's, für alle Beteiligten … Ich komme mit.

*Hannah und Roman ab. Magdalena steht in der Tür und sieht
ihnen nach. Sebastian schaut sich um, räumt Romans Kisten
aus seinem Zimmer. Die letzte öffnet er, hält mehrere Fern-
bedienungen in der Hand. Er hält eine auf die Wohnungstür, so,
als wolle er etwas ausschalten. – Schwarz. Alle Lichter aus.*

Sebastian

Oh Gott …

4.

Wieder Licht. Magdalena steht mit einer eingepackten Sonnenblume da.

Magdalena

Haben Sie eine von seinen Bedienungen gedrückt?

Sebastian

Es war plötzlich stockdunkel!

Magdalena

Er hat immer das Neueste vom Neuesten.

Sebastian

Wozu soll die denn ...?

Magdalena

Die da? Damit man nicht alles nacheinander abschalten muss, wenn man aus dem Haus geht. Das spart Zeit. Man muss nur aufpassen, wenn jemand aus der Familie am Tropf hängt. Ich habe Ihnen eine ... *(Packt ihr Geschenk aus)* Ich mag Sonnenblumen.

Sebastian

Die ist schön.

Magdalena

Von der Raststätte, ich hatte nicht mal Zeit, sie zu bezahlen, so wurde ich gehetzt.

Sebastian

Also, dafür ist sie wirklich schön.

Magdalena

Haben Sie eine Vase? Ach ... Sie nehmen sie ja bestimmt mit? ... Die muss ja auch denken: Hin und her ...

Sebastian

Eine Nomadenblume!

Magdalena

Ich habe mir, als Sie das mit diesem Ulrich erzählten, sofort alles vorstellen können: Ich bin auch eine von den 99, die mit eingesperrt wurden. Ich werde Ihr Buch sofort lesen.

Sebastian

Ja?

Magdalena

Ja … *(Gibt ihm die Blume)*

Schweigen.

Magdalena

Wussten Sie, dass die Koreaner schon beim ersten Rendezvous ihre Blutgruppen austauschen?

Sebastian

Die Koreaner?

Magdalena

Die Japaner auch, die betreiben alle Blutgruppen-deutung. Welche Gruppe haben Sie?

Sebastian

Ich? … Keine Ahnung.

Kurzes Schweigen.

Magdalena

Hier ist alles so luftig … So großzügig … Steigen hier, wenn es still ist, die Geister aus den Büchern und treffen sich im *Bewusstseinszimmer*?

Sebastian

Offen gestanden bin ich davon überzeugt.

Magdalena

Ja?

Sebastian

Ja!

Magdalena

Wie hieß noch der getroffene Dichter im Schnee?

Sebastian

Puschkin! Dostojewski verehrte Puschkin ... Ich glaube, vorwiegend treffen sich hier solche alten Russen.

Magdalena

Oh ... Hier können sie atmen.

Sebastian

Die Sozialisten auch.

Kurzes Schweigen.

Magdalena

Sie mögen Katzen?

Sebastian

Ich habe einmal über sie geschrieben, natürlich nicht einfach so ...

Magdalena

Ich mag lieber Hunde ... Hunde sind Zauberer ... Sie können einen traurigen Menschen in einen fröhlichen verwandeln ... Und einen alten, gebrechlichen Mann in ein spielendes Kind ... Und sie haben eine schöne Ausdauer, uns von ihrer Liebenswürdigkeit zu überzeugen, finden Sie nicht?

Sebastian

Magdalena, Sie haben einen schönen Mund,
nebenbei bemerkt … Sie besitzen etwas von dieser
höheren Melancholie der alten Russen … Besonders
jetzt …

Magdalena

– Jetzt?

Sebastian

Wunderschön.

Magdalena

(berührt ihn vorsichtig am Arm. – Flüstert) Jetzt sind
sie da … Spüren Sie es? *(Berührt sein Gesicht)* – Sie sind
nicht glücklich, das sehe ich …

Sebastian weicht zurück.

Magdalena

Es gibt Menschen, die treffen sich, und dann sehen
sie es sofort.

Sebastian

Ich glaube, die braucht dringend Wasser.

Magdalena

Wäre das keine Ulrich-Geschichte für Ihr Buch?

Sebastian

Doch, doch …

Magdalena

Dieser Ulrich müsste auf eine Frau treffen, die auch
viele Leben leben will …

Sebastian

Ich suche eine Vase … *(Läuft mit der Blume durch den
Raum)*

Magdalena

Er geht morgens als Erster aus dem Haus, und sonntags fahren wir zu seiner scheußlichen Mutter nach Bern. Die Mutter ist in die Schweiz gezogen, und darum leben wir auch in der Schweiz ... Er hat fünf Handys und alle technischen Geräte, die ein Mann braucht, und ich unterstütze ihn ... Meine Beziehung muss Ihnen sehr unmodern vorkommen, nicht wahr?

Sebastian schaut in den Flur.

Magdalena

Wie haben das denn die melancholischen Frauen im alten Russland gemacht? Ich habe herausgefunden, dass es einen König geben muss, dann geht es, das ist vielleicht das Unmoderne, aber man kann sich viel besser fallen lassen, ich muss gar nicht immer das Kommando haben, mir gefällt es besser ohne, das kann ja auch eine Befreiung sein, verstehen Sie? ... Aber dann ist ein paar Tage vor der Abreise dieser Brief gekommen ... *(Zieht einen Umschlag hervor)* Ich habe ihn geöffnet, ich wusste, dass etwas nicht stimmt. Sie haben ihn ... Mit *neuen Strukturen* wird das begründet ... So ein Horror, ich habe ihn sofort wieder zugeklebt, die Klebe klebte noch, und dann habe ich ihn da hingelegt, wo die Post immer hinkommt, aber er hat ihn gar nicht geöffnet, er hat ihn gesehen und nicht angerührt! Er hat nicht mal zur Kenntnis genommen, dass keiner aus der Firma die Unterkunft mit ihm besprechen wollte ... Wenn er morgen in die Zentrale geht, dann wird da ein anderer stehen und fragen: Was machen Sie denn hier? Haben Sie unseren Brief nicht bekommen, Herr Hansen ...?

Sebastian

Moment mal … Er ist entlassen worden?

Magdalena

Ja, ein entlassener König! In dem Brief steht, er solle ab morgen seine Urlaubsansprüche geltend machen, und dann würde man weitersehen.

Sebastian

Aber er denkt, er geht morgen ganz normal arbeiten? Und dann schickt man ihn wieder zurück, und Sie wollen mit ihm hier Urlaub machen, oder wie soll ich das verstehen?

Magdalena

Ich dachte, ich komme lieber mit und fange ihn auf.

Sebastian

Das ist doch Irrsinn! Sie können ihn hier doch nicht auffangen … Der läuft ins offene Messer, Sie müssen sofort mit ihm reden und dann abreisen …

Magdalena

Ich glaube, ich kann mit Tieren reden, aber nicht mit Menschen … *(Steckt den Brief weg)*

Sebastian

(schaut unruhig zur Tür) Wo bleiben die so lange? Vielleicht wieder der Fahrstuhl …

Magdalena

Er steckt mich in die Cryo-Box, kennen Sie das? Das ist so eine Box … Und dann drückt er auf eine Bedienung, und die Temperatur geht runter auf minus 130 Grad, und ich bin dadrin.

Sebastian

Erst hatte sie es so eilig und jetzt …
(Geht zum Fenster)

Magdalena

Das ist gegen Cellulitis, das wurde in Japan erfunden.
Man kann auch auf minus 150 Grad einstellen,
das ist dann so kalt wie auf dem Mars. Schuhe behalte
ich an, damit es zu keinen Erfrierungen kommt ...
Wegen Cellulitis verlassen Männer ihre Frauen, das ist
Vorbeugung! Mir zuliebe ... Es ist sehr kalt, aber es hilft,
ich habe die Beine einer 22-Jährigen!

Sebastian

Wie heißt diese Box?

Magdalena

Cryo-Box! Kryos ist griechisch und bedeutet Frost,
Eis ... Wenn man das *r* mit dem *y* tauscht, heißt es
Kyros: Gleichgültigkeit ...

Sebastian

Ich weiß ...

Magdalena

Und wenn man jetzt das *y* gegen *ai* eintauscht, dann
heißt es Kairos, das nannten die Griechen den gött-
lichen, den richtigen Moment. – Wollen Sie sich das
mal anschauen? *(Geht zu der Kiste, nimmt eine Druck-*
gasflasche heraus) Man braucht dazu flüssigen Stickstoff ... Die Box ist da auch drin, die schraubt man,
wenn man geübt ist, in fünf Minuten zusammen.
Der Kopf guckt oben raus. Lesen Sie unbedingt die
Gebrauchsanweisung, wenn Sie Hannah da reinstellen
wollen.

Sebastian

Meine Güte, kann man denn nicht etwas würdevoller
alt werden, minus wie viel?

Magdalena

150.

Sebastian

Wie kann sich jemand, der in einem Spital arbeitet, in so eine Box stellen ... *(Läuft wieder zum Fenster)* Ist das der schwarze da auf der Straße ... der große Kombi?

Magdalena

Diese Entschiedenheit habe ich mir von Ihnen erhofft! Die letzten Male war ich ganz zerrissen in der Box ... Einerseits ist es schon ein trauriges Gefühl, wenn der eigene Mann die Kälteregler bedient, und man steht dadrin, weil man nicht verlassen werden will, andererseits sollte ich Ihnen mal meine Beine zeigen ...

Sebastian

(öffnet das Fenster) Hannah ...??

Magdalena

Wissen Sie was? Am liebsten würde ich jetzt mit Ihnen diese Box und seine ganzen Empfänger und Abschuss-Beamer und SIM-Karten: alles heimlich auseinanderschrauben und kreuz und quer ... Alle Akkus in den Keller und den Rest auf den Dachboden!

Sebastian

Was zum Teufel machen die da unten so lange?? ...

Magdalena

Vielleicht muss ich diesen inneren Ulrich in mir, der mich in diese Box gebracht hat, einfach umbringen ... Sie haben recht! Wenn man da einmal drin ist, dann hat man nicht mehr die Kraft, von alleine zu gehen ... *(Nimmt die Druckgasflasche)* Nach neun Jahren fordere ich hiermit die Revolution! Was meinen Sie? ... Du ... Hier ... Im Bewusstseinsraum! Mit dem Stickstoff fangen wir an! *(Läuft zu Sebastian)* Lass uns das aus dem Fenster ... Das ist wie beim Feuerlöscher ... Zisch! *(Will ihn plötzlich küssen. Stellt die Druckgasflasche ab. Küsst ihn)*

Sebastian

(weicht zurück) Das … das geht nicht … Ich
kenn mich da nicht aus … Ich brauch endlich eine
Vase! …

Magdalena

Ich dachte, Sie … du … Zu einem Mann, den ich
küssen wollte, sage ich du! …

Sebastian

Flüssiger Stickstoff, mein Gott … Nachher fallen Eis-
zapfen auf die Straße, oder die Fenster der Nachbarn
zerspringen …

*Magdalena setzt sich mit der Druckgasflasche auf einen der
Stühle. Sie sitzt regungslos da.*

Sebastian

Es tut mir leid … Ich kann nicht … Hannah! …
Diese ganze Situation … Ich glaube, ich kann auch
nicht mit Menschen reden …

Magdalena

Ich wollte gerade gar nicht reden …

Schweigen. Sebastian setzt sich auf den anderen Stuhl.

Sebastian

– Als Kind hatte ich einen Hund … Er sprang immer
in die Luft, so im Rundbogen, aber dann wurde er
auf der Straße überfahren … Man flickte ihn noch
zusammen, aber ein Zauberer war er nie wieder.

Magdalena

(spricht leise vor sich hin) Da gab es noch keine Tier-
therapeuten.

Sebastian

Ja, wahrscheinlich ... Mit Ihnen wäre mein Hund
wieder gesprungen ... Ich denke immer an den Hund ...
Vor drei Jahren war ich beim Arzt. Ich wollte eine
bestimmte Untersuchung machen, es kann ja nicht
schaden, ich sollte eine Probe mit meinem ... Ich weiß
nicht, warum ich das alles erzähle ... Ich kann Sie ...
dich nicht ... *(Springt auf, reißt dabei den Stuhl um)*
Hannah hat mich belogen, schamlos belogen! Ich bin
gar nicht fähig, an diesem Spiel teilzunehmen! ...
Mein Körper ist voller Entzündungen, alles ist zu kurz,
zu langsam, was weiß ich ... scheiß Stuhl!! ... Und das
Schlimmste: Ich habe die Wahrheit herausgefunden!

Magdalena

Was für eine Wahrheit, was ist denn passiert?

Sebastian

(läuft umher, schließt das Fenster) Vor dir steht ein Mörder,
Magdalena!

Magdalena

(starrt ihn an, mit der Druckgasflasche in der Hand)
Ein Mörder?

Sebastian

Ich habe es Hannah nie gesagt ... Sie würde mich auf
der Stelle wieder ... Nach allem ...

Magdalena

Ich versteh kein Wort. Du hast doch niemanden um-
gebracht?

Sebastian

Doch! Ich kann es nie wieder rückgängig machen!
Du darfst Hannah ...! Nicht ein Wort, hörst du??

Magdalena

Ich muss etwas trinken ...

Sebastian

Ich habe auch so einen Brief … Hier. *(Zieht ein Papier aus seiner Hosentasche)* Ich trage das Ergebnis immer mit mir herum … Dies ist sogar schon der dritte Test! … Eine biologische Katastrophe … *(Lacht verzweifelt)* Vielleicht hätte ich mir mein früheres Leben vor zwanzig Jahren in deiner Box einfrieren lassen müssen …

Schweigen.

Magdalena

(leise vor sich hin) Es hat so schön angefangen …

Sebastian

(läuft zum Fenster, reißt es auf) Hannah, ich suche die ganze Zeit eine Vase! Wo sind denn Vasen??

Magdalena

(springt auf und läuft mit der Druckgasflasche durch den Raum) Ich sehe ein großes Unglück auf uns zukommen … Die Kälteflasche muss sofort weg! *(Hält Sebastian vorwurfsvoll die Druckgasflasche hin)*

Sebastian

(reißt die Wohnungstür auf) Wo bleiben die!? … *(Stürzt hinaus)*

Magdalena bleibt zurück mit der Druckgasflasche unter dem Arm wie eine Waffe.

5.

Hannah und Roman sitzen auf den beiden Stühlen und sehen auf den Weltraumbahnhof in der kasachischen Steppe. Sebastian steht mit gepacktem Koffer im bücherlosen Raum, Magdalena mit dem Gesicht zur Wand, sie schaut nicht hin, sie trinkt.

Hannah
Das ist wirklich interessant.

Sebastian
Hannah, wir müssen los …

Hannah
Hol dir doch einen Stuhl?

Roman
(erhebt sich) 15 000 Kilometer über uns kreisen Hunderte von Satelliten, ohne die kein Mensch mehr leben könnte! Aber um die ganze Erde abzudecken, braucht man zwischen den Satelliten endlich verbesserte Verbindungsübergaben, auch wegen der atmosphärischen Reibungen … Was meint ihr, was da oben los ist? Millionen von Signalen und Daten! Dazwischen explodierte Raumschiffe, abgesprengte Systemtrümmer, tote Astronauten, verlorene Schraubenzieher …
Einmal ist ein Teil von der Ariane in Uganda auf ein Haus gefallen, wums!

Sebastian
Hannah, das ist nicht dein Ernst?

Roman
Stellt euch vor, mehr als die Hälfte der Menschheit hat noch nie telefoniert! Magdalena, du schaust mich die

ganze Zeit so kränklich an, aber wenn ich das hier sehe, dann weiß ich, dass die Verbindungen der Menschheit auch in meiner Macht liegen … Dass der große Rest der Menschheit endlich ausgeleuchtet und ans Netz geschlossen wird, das erfüllt mich mit Stolz …

Sebastian

Entschuldigung, könnte ich mal mit meiner Frau sprechen?

Hannah

Nun reg dich doch nicht so auf, noch fünf Minuten … Ich habe so einen Abschuss noch nie gesehen! Und dazu mit professioneller Einführung … *(Zu Roman)* Wie sieht es aus … Kommst du rein?

Roman

Wir sind doch längst drin!

Sebastian

Hannah …

Roman

Hannah, hier oben … *(Steht vor dem Weltraumbahnhof, zeigt auf eine Rakete und legt dabei seine Hand seltsam vertraut auf Hannahs Rücken)* Da haben sie ihn draufgesetzt … Der Empfang ist ganz okay, die Bergmanns haben ihren Router genau unter uns …

Hannah

Sind wir jetzt live in Kasachstan? Sebastian, setz dich doch …

Roman

(zu Magdalena) Und was ist mit dir? Bleibst da in der Ecke?

Magdalena

(spricht vor sich hin) Wären die Bergmanns doch nur gestorben …

Roman

Was sagst du?

Magdalena

Wären die Bergmanns doch nur gestorben und hätten ihr Kennwort mit ins Grab genommen …

Roman

Afrika, der Amazonasdschungel, ja, die ganze andere Hälfte der Menschheit befindet sich noch immer im Mittelalter, sie hätte ohne den heutigen Tag überhaupt keine Chance, am weltweiten Informationsaustausch teilzunehmen, und du bleibst da in der Ecke und schaust nicht zu?!

Sebastian

(starrt auf die Hand auf Hannahs Rücken) Darf ich Sie mal was fragen?

Roman

Machen Sie's kurz.

Sebastian

Warum verschonen Sie die andere Hälfte der Menschheit nicht mit Ihrem Mist?

Hannah

Sebastian, bitte …

Sebastian

Woher weiß er, dass die andere Hälfte unbedingt am *Informationsaustausch* teilnehmen will, vielleicht ist die ganz glücklich, ohne?!

Hannah

Sein Satellit startet in fünf Minuten, ich glaube, das ist jetzt nicht der richtige …

Roman

In vier Minuten, Hannah …

Sebastian

(zieht die Pistole und zielt auf Roman) Hände hoch.

Hannah

– Sebastian … Die ist scharf!

Roman

Die ist was?

Sebastian

Scharf. Schussbereit. Sind Sie taub?

Roman

(zu Hannah) Was soll das?

Sebastian

Stoppen Sie den Abschuss!

Roman

Stoppen??

Sebastian

(zu Hannah) Wenn er den Abschuss nicht stoppt, schieße ich.

Roman

(starrt Sebastian an) Meint der das ernst?

Hannah

Weiß ich nicht …

Roman

Rede mit ihm!

Hannah

Sebastian, leg die Pistole weg!

Sebastian

Entschuldigung, was habe ich gesagt?

Hannah

(zu Roman) Könntest du es theoretisch stoppen?

Roman

Hannah, das … das ist ein globales Projekt, das kann ich nicht einfach stoppen …

Hannah

Sebastian, das ist weit weg in Kasachstan … Das ist ein globaler Vorgang, den kann man nicht einfach …

Roman

Sie wollen dem Rest der Menschheit Datenübertragung verweigern, ja? Wollen Sie das?? Von manchen Volksaufständen, da würden wir gar nichts wissen, ohne!

Sebastian

Großer Schwachsinn! Je mehr Daten Sie über der Menschheit auskippen, umso weniger wissen und verstehen wir noch irgendwas!

Hannah

Nimm bitte die Pistole runter!

Sebastian

Wie Sie das vorhin gesagt haben: Dass der *Rest der Menschheit* endlich ans Netz geschlossen wird … Dass die *Verbindungen der Menschheit* auch in *Ihrer* Macht liegen … So eine Arroganz! *(Zu Hannah)* Mir reicht's wirklich, ich stand hier die ganze Zeit reisefertig herum … *(Zu Roman)* Sie glauben, Sie bringen uns den Segen mit Ihrer idiotischen Vernetzung? Alles ist miteinander vernetzt, aber die Entfernungen zwischen den Menschen werden immer größer! Warum schießen Sie keine Rakete zum Himmel, die alles wieder abschaltet? Und wieso tatschen Sie so auf meiner Frau herum?

Magdalena

Er betatscht alle Frauen, die noch in der Ferne sind, er ist ein Spezialist der Ferne …

Roman

Halt den Mund! *(Zu Sebastian)* Was ich tue, tue ich für Völkerverständigung … Für die Demokratie!

Sebastian

Millionen von Menschen auf der Welt krepieren,
während wir schön vernetzt dasitzen und zugucken ...
Wir drücken ein paar Tasten, und dann klicken wir
uns an alles ran: an die Massaker, an die Volksaufstände,
an die Todeskämpfe, aber ich sage euch: Unsere Energie
erschöpft sich schon im Herumgeklicke ...

Hannah

Gib mir die Pistole ...

Sebastian

Unser Mitgefühl löst sich im Datenstrom auf! Aber klar,
jeder Erdenbürger in Afrika oder im Amazonasdschungel hat ein Recht auf Vernetzung, ich hab's ver-
standen, Hannah ... Nichts zu fressen, aber vernetzt!
Und dazu noch deine Tiefatmung! Damit ist jetzt
Schluss, sofort stoppen, habe ich gesagt.

Magdalena

Er kann das nicht stoppen!

Hannah

Gib mir bitte die Pistole!

Sebastian

Wissen Sie, was passiert, wenn Sie die andere Hälfte der
Menschheit vernetzen? Die kommt dann hierher! Die
will dann vielleicht auch mal was trinken ... Wasser!
Oder ein bisschen Auto, Kombi fahren! Mein Gott, es
gibt ja bald nicht mal mehr Fische! Wenn es keine Fische
mehr gibt, dann können Sie mit Ihrer Firma schon mal
riesige Schutzmauern bauen ... Erst vernetzen Sie die
andere Hälfte der Menschheit, und dann lassen Sie sie
gegen die Schutzmauern rennen! Im Netz alles schön
angucken, ja, aber hier mitmachen, nein, nein! Wer
rüberklettert, wird erschossen!

Roman

Schutzmauern?? … Meine Firma baut keine Schutzmauern!

Sebastian

(wird immer rasender) Wer alle vernetzt, muss am Ende
Schutzmauern bauen, was denn sonst?! *(Zielt wieder
genau auf Roman, zu Hannah)* Ohne Internet wäre der
hier nie reingekommen!

Hannah

Christian …

Sebastian

Sebastian!

Hannah

Entschuldigung, beruhige dich doch, es ist überhaupt
nichts passiert …

Magdalena

(zeigt auf Roman) Wenn er ihren Rücken berührt, ist sein
Arm viele hundert Meter lang … Er greift nach Brüsten
wie nach Satelliten …

Roman

(schreit) Hör endlich auf zu trinken!

Sebastian

(außer sich) Ich heiße Sebastian!! … Und noch was: Wie
sich die Leute hierzulande vernetzen, ist das Wider-
lichste … Es geht gar nicht mehr ums Können, sondern
nur noch ums Vernetzen! Jeden Pups kann man hier
ganz groß rausbringen, wenn man vernetzt ist!

Hannah

Halt die Pistole wenigstens in eine andere Richtung!

Sebastian

Sorgfalt und Mühen und Geist sind etwas für Dumme
geworden! Meine Wissenschaft, meine ganze Kunst,

mein Werk sind sinnlos, ich bin einfach nicht vernetzt!
Da kannst du noch so großes Talent besitzen ... *(Richtet die Pistole gegen sich selbst)* Wenn du nicht vernetzt bist ...
Aber das ist meine Würde, das ist eine der letzten Mutproben dieser Gesellschaft! *(Hält sich die Pistole in den Mund)*

Magdalena
(steht direkt vor dem Weltraumbahnhof)
Noch 122 Sekunden ...

Hannah
Sebastian, bitte! *(Will ihm nun die Pistole aus der Hand nehmen)*

Sebastian
Geh weg! ... *(Richtet die Pistole auf Hannah)* Du kriechst doch auch allem hinterher, was es nur irgendwie zu Erfolg und Ruhm gebracht hat ... *Wie* ist völlig egal!
(Richtet sie wieder auf Roman) Was hier für eine Scheiße auf meine stille Wand gebeamt wird! Ein bisschen Erfolg, und schon werden den größten Vollidioten Tür und Tor geöffnet! ... Lauter leere und verlogene Menschen, die den anderen leeren und verlogenen Menschen die Bude einrennen, grauenvoll, widerlich!

Magdalena
Er hat mich auch im Netz eingefangen ... Im wirklichen Leben hätten wir uns doch nie etwas zu sagen gehabt, aber er hat mich über ein unterirdisches Kabel, über einen Breitbandanschluss ...

Roman
Du sollst aufhören!

Magdalena
(zu Hannah) Kennen Sie den Tanz des Steinmarders, bevor er das Kaninchen frisst? Das Kaninchen wird

durch ein paar Purzelbäume hypnotisiert, mein Mann hat mich im Netz wie ein Marder mit Purzelbäumen hypnotisiert und danach im wirklichen Leben eingefroren ... Der Steinmarder frisst alles: Kaninchen, Vögel, Hühner, Tauben, Mäuse, Wühlmäuse, Spitzmäuse ...

Roman

Sei still, was ist denn mit dir los!?

Magdalena

Ich habe für deine idiotische Batterie-Beschichtung mein Leben geopfert ... *(Zu Sebastian)* Er kann's wirklich nicht stoppen, er hat doch gar nichts mehr damit zu tun ...

Hannah

Mensch, halten Sie doch mal ... Die Frau ist ja ein Wasserfall!

Magdalena

Du Schlange ... Ich habe euch gesehen ... Im Fahrstuhl! Rauf und runter, schöner Fahrstuhl ...

Sebastian

(schaut Hannah an) –?!

Magdalena

Keine Sorge ... Wenn er in eine Frau eindringt, schwebt er kilometerhoch über ihr ... Stellen Sie sich mal so einen Schwanz vor, ich meine, Glied, Penis, wie sagt man das denn, wenn man bei anderen zu Gast ist ...? Ich nenne es den romanischen Abstandsständer ... *(Zu Hannah)* Hat er Sie auch da unten im *Kombitransporter* ...?

Roman

Ruhe jetzt! Reiß dich am Riemen!

Hannah

Die spinnt, kontrollieren Sie sich mal ...

Magdalena

Das ist ja eine ganz Komplizierte, das wollte ich Ihnen, Herr Sebastian, schon lange sagen, Sie haben da eine Frau von heute, die wollen alles, Sie Armer, Sie Getriebener … Das ist eine Wahrheit, die gehört auch in Ihr Ulrich-Buch … Die Männer waren immer untreu, die Frauen auch, aber jetzt hat sich die Lage noch einmal verschärft, jetzt ist es normal, die ganze Welt hat sich der Untreue ergeben … Und die allerletzten Treuen, die verdienen kein Mitleid, nein, sie nehmen es hin, sie sind auch widerlich, nur dümmer … Nun schießen Sie doch mal irgendwohin, Sie hochherziger Schlappschwanz!

Sebastian lässt die Pistole auf den Boden gleiten und läuft aus dem Raum. Hannah folgt ihm. Roman hebt schnell die Pistole auf und läuft fast in den Weltraumbahnhof hinein.

Magdalena

(setzt sich) Kein Schuss … Kein einziger Schuss …

Bildausfall. Auf der Übertragungswand, wenige Sekunden vor dem Start: flackernde Aufnahmen – Urbilder, Menschheitsbilder, Traumbilder; Bilder von Hingabe und Verwüstung. Dann: ein Feuerball. Wenig später: schwarz. Das All.

6.

Roman schaut in die Ferne des Weltalls. Ein Satellit umkreist die Erde. Magdalena kommt mit der Sonnenblume durch die Tür.

Magdalena
Sie sind weg. Er hat die Blume vergessen.

Schweigen.

Magdalena
Deine Mutter, hast du sie erreicht? – Ich glaube nicht, dass Urs sie verlässt. Das sagt sie immer, wenn du wegfährst. – Wenn Urs sie wirklich verlassen würde, dann hätte es keinen Sinn mehr, dass wir in der Schweiz leben.

Schweigen.

Magdalena
Urs ist Schweizer, aber deine Mutter kommt aus München.
Roman
Ich weiß.
Magdalena
Rede mit mir!
Roman
Du bist betrunken.

Magdalena

Ich bin nicht betrunken, ich bin dir immer gefolgt!
Aber ich kann mit dir nicht auch noch da oben leben. –
Hörst du? Wir müssen auch mal reden, hier unten!

Roman

Wir haben immer gesagt: Wenn wir nicht reden,
trennen wir uns nicht, das ist doch auch schön?

Schweigen. Roman starrt ins All.

Magdalena

(will etwas sagen) …

Roman

Magdalena, ich arbeite da!

Magdalena

Nein, Roman …

Roman

… Das ist mein Beruf, das ist der Ort, wo ich mich
wirklich auskenne! Und mit der Frau war nichts, das
ist doch … Wie du dich vorhin aufgeführt hast!

Magdalena

Du arbeitest da nicht, du bist dort hingeflüchtet …

Roman

… Sieh doch, diese elliptische Bahn, mit der er unsere
kleine Erde umkreist! Wenn wir zu Bett gehen, ist
er schon einmal herum, in neunzig Minuten um die
ganze Erde, ist das nicht erstaunlich? Diese Klarheit
und Genauigkeit!

Magdalena sieht mit Roman gemeinsam ins All.

Magdalena

Dann nimm mich mit.

Roman

Wohin?

Magdalena

Zu dir.

Roman

Das verstehe ich nicht.

Schweigen. Sie starren ins All.

Magdalena

Wir müssen wieder mit dem Leben anfangen,
wir erleben gar nichts! Lass uns in dieser Stadt
anfangen ...

Roman

Mit dem Leben anfangen ... Ich lebe doch! Du willst
immer wie eine Prinzessin im Märchen leben, aber ich,
ich lebe in der Realität ...

Magdalena

Dieses schwarze, menschenlose Nichts ist die Realität?
Da kann man doch gar nicht atmen!

Roman

Was soll das jetzt??

Magdalena

Du setzt dich dafür ein, dass die ganze Welt miteinander
in Kontakt tritt, nur wir nicht! Am Anfang hast du das
gekonnt ... Da hat es gefunkt ... Gezischt ...

Roman

Funkverbindungen zischen nicht ...

Magdalena

Früher haben sie gezischt! Geglüht! Gebrannt!

Roman

Dort oben herrschen keine Missstimmungen! Nur hier unten, da kommen irgendwann immer diese unberechenbaren Vorwürfe ...

Kurzes Schweigen. Magdalena gibt ihm die Sonnenblume.

Roman

(mit der Blume in der Hand) Magdalena, da geht's gerade um alles für mich ... In der Simulation ist meine Beschichtung an den Radiatoren dahingeschmolzen wie Butter, ich weiß nicht, wie das passieren konnte ... Das ist auch nicht so tragisch, habe ich erklärt, dann nehme ich eben Nickel statt Aluminium! Außerdem ist die Atombatterie absolut sicher, hinter den Radiatoren kommt ja noch der Thermowandler, dann die Graphit- blöcke ... Auf einmal hieß es: Warum denn die Atom- batterie? Es geht auch mit Solarzellen!

Magdalena

Vielleicht hat das gar nichts mit dir zu tun, vielleicht ist das jetzt einfach wieder die Zeit von Solarzellen ... Lass uns ans Meer fahren!

Roman

Spinnst du?! Der Satellit streift den Strahlungsgürtel vom Jupiter, das ist ein Gasplanet, da fliegen Solarzellen weg wie Pusteblumen! Jahrelang haben wir Atom- batterien sogar in Herzschrittmacher eingebaut, aber jetzt sollen es, wenn's wirklich drauf ankommt, plötz- lich wieder Solarzellen sein?? ...

Magdalena

Roman, du musst mir jetzt zuhören ... Ich muss dir etwas sagen ... *(Zieht den Brief aus ihrer Tasche)*

Roman

... Das mit dem Hotel kann ich dir erklären, die Firma verfolgt jetzt eine andere Strategie, nicht mehr so viele Dienstreisen, die wirtschaftliche Entwicklung ist nicht mehr so wie noch vor ein paar Jahren, da müssen wir eben alle etwas improvisieren, ich muss gar nicht ins Hotel ... Es ist ganz schön hier, nicht wahr? Magdalena, es ist doch schön hier!?

Magdalena

Wir tanzen!

Roman

Was?

Magdalena

Wir tanzen ... Sonst wissen die Engel da oben nichts mit dir anzufangen.

Roman

Sprich genauer!

Magdalena

Komm.

Roman

Magdalena ... *(Scheint vor ihr wegzulaufen, so als wüsste er es. Lehnt den Kopf an die Wand mit dem Weltall)* Wir müssen das weiße Hemd finden ... Für die Zentrale ...

Magdalena zieht ihre roten Schuhe an. Roman sieht sie hilflos, ängstlich an. Sie hält ihn. Sie führt ihn. Bis sie irgendwann tanzen vor dem All. Hannah und Sebastian stehen wieder im Raum.

Magdalena

Sind zwei Monate so schnell vorbei ...

Sebastian

Weg! Weg …

Hannah

Der Mietwagen … Ich versuche ihm die ganze Zeit zu erklären, dass er höchstwahrscheinlich …

Sebastian

Wieso sollte er abgeschleppt worden sein, wenn der Warnblinker blinkt?! Da wissen die doch, dass man gleich wieder zurückkommt, das Ding ist geklaut worden! *(Zeigt auf Roman)* Das haben Sie zu verantworten!

Hannah

Sebastian, niemand ist schuld …

Roman

Ich, schuld? …

Hannah

Er wurde bestimmt nur abgeschleppt, notfalls müssen wir eben alle eine Nacht hier schlafen …

Sebastian

Wir müssen nach Zürich!

Roman

Wieso ich?? Wie oft habe ich betont, dass ich in zweiter Reihe …

Sebastian

… Ich kann mich nur erinnern, dass Sie Ihr *Kennwort* betonten! Ansonsten haben Sie eine Staats-karosse gemietet und da hingestellt, mitten auf die Straße, wie zum fröhlichen Abtransport meiner Bibliothek!

Hannah

Sie wurde garantiert nur abgeschleppt, entschuldige dich erst mal bei ihm …

Sebastian

Das ist unlogisch! Das war ein nagelneuer Mercedes-Kombitransporter, mit dem rollt jetzt mein gesamtes geistiges Eigentum Richtung Polen!

Roman

Magdalena, habe ich nicht mehrmals betont …
(Sucht Magdalena, die sich zurückgezogen hat) Was stehst du da schon wieder in der Ecke rum?!

Hannah

(zu Sebastian) Wir stellen hier das Sofa von drüben rein und fahren ganz früh …

Roman

Komm aus der Ecke raus! Was habe ich mehrmals gesagt?? Ich steh in zweiter Reihe!

Sebastian

(zu Hannah) Ich schlafe doch nicht mit dem da unter einem Dach …

Roman

Sag doch endlich was! Aber mir was von Solarzellen erzählen, du hast überhaupt keine Ahnung! *(Geht auf Magdalena los)*

Hannah

Seid ihr alle verrückt geworden …? *(Zieht Roman von Magdalena weg)* Wie wär's mit Musik?

Sebastian

Wenn wir hier jetzt Musik hören, beende ich auf der Stelle die Beziehung!

Roman

(zu Hannah) Wenn der Kombi mit meiner Technik nicht geklaut wurde, dann ganz bestimmt nicht mit seinem *geistigen Eigentum*!

Sebastian

Was soll das heißen?

Roman

Ich gehe wie Hannah davon aus, dass abgeschleppt
wurde, weil Sie so getrödelt haben und noch nicht mal
eine Kiste gepackt hatten …

Sebastian

Getrödelt?

Roman

Herumgequatscht!

Hannah

Lass uns die Polizei anrufen … *(Tippt in ihr Handy)*

Roman

(zu Hannah) Endlose Vorträge hat er gehalten … Dass
meine Firma Schutzmauern bauen soll, weil es keine
Fische mehr gibt! Und mir dabei die Kanone unter die
Nase gehalten …

Hannah

Sebastian, du wolltest dich für den Zwischenfall
entschuldigen …

Roman

(zu Sebastian) Sagen Sie mal, wenn Sie Malerarbeiten
haben, Wände streichen: Machen Sie das selbst?

Sebastian

Wieso?

Hannah

(ins Handy) Guten Tag, Hannah Ley … Wir vermissen
einen PKW … Einen schwarzen Kombitransporter, der
in der Charlottenstraße 16 stand …

Roman

(greift sich Sebastian) Da wurde über den Router drüber-
gepinselt, Abdeckfarbe in den Kontakten!

Hannah

(ins Handy) Wie bitte?

Roman

Da kriegt man nie im Leben mehr ein Patchkabel
rein!

Hannah

(in den Raum) Das Kennzeichen?

Sebastian

Das tut mir leid … Ich hätte sowieso nicht geschossen …
Ihre Frau hat offensichtlich eine blühende Phantasie …

Hannah

Sebastian, ich brauche das Kennzeichen!

Sebastian

(schreit Hannah an) Woher soll ich das Kennzeichen
wissen?!

Roman

DN-HV 1239!

Sebastian

… Ihre Frau glaubt auch an Gespenster, die plötzlich
in dieses Zimmer gestiegen sind, Puschkingespenster,
Herr Hansen …

Hannah

(ins Handy) DN-HV 1239 …

Magdalena holt unbemerkt ihren Koffer.

Roman

(zu Sebastian) Hör mal, wir haben seit 19 Uhr einen
Tauschvertrag, hier wohn jetzt ich! *(Drückt Sebastian
gegen die Wand)* Schau mal da oben, da leite ich
das Energieversorgungssystem, da gibt es extreme
Temperaturschwankungen …

Sebastian

Wissen Sie, wann das alles passiert ist …? Als Sie meiner Frau auch noch diesen Abschuss da …

Roman

… Frau??

Sebastian

Was??

Roman

Hannah ist nicht Ihre Frau!

Hannah

(ins Handy) Ich versteh kein Wort … *(In den Raum)* Geht's auch etwas ruhiger??

Roman

(stößt Sebastian gegen die Wand) Morgen! … Morgen werden alle sehen, dass meine Nickelbeschichtungen stabil sind! Scheiß auf die Solarzellen! *(Spricht es ins Weltall)* Ich scheiße auf Solarzellen! …
(Zu Sebastian) Ich könnte dich rausschmeißen, verschwinde! Seitdem du aufgetaucht bist … *(Würgt ihn)*

Hannah

Könnt ihr mal aufhören?! *(Ins Handy)* Bergmann? Das darf doch nicht wahr sein … *(In den Raum)* Bergmann hat die Polizei angerufen! Ihr habt die Bergmanns zugeparkt!

Sebastian

(versucht sich zu befreien) Irgendwann reicht's! … Jetzt haben Sie auch noch die Bergmanns …

Roman

… Ich schmeiß dich aus dem Fenster, du Hemd! …

Magdalena öffnet die Druckgasflasche, drückt sie Roman in die Hände …

Roman

Bist du irre ...?? Das ist Stickstoff, flüssig! ...

... Magdalena verlässt mit ihrem Koffer die Wohnung.

Hannah

(ins Handy) Die Polizeiwache hier bei uns an der Ecke?
Und wenn man das Geld bei Ihnen gezahlt hat, dann
wird die Wegfahrsperre gelöst ...

Sebastian

(entfernt sich von Roman) Okay, ich gehe ... Ich gehe!
(Läuft zur Tür) So ein Tier! ... Ich regele das jetzt
selbst ... Nicht zu fassen! ... *(Nimmt einen Mantel.
Verlässt die Wohnung)*

Hannah

(ins Handy) Mein Freund kommt vorbei, glaube ich ...
Auf Wiederhören ...

7.

Roman versucht, der ausströmenden Druckgasflasche Herr zu werden. Hannah legt ihre Hände um Romans Hals, zieht ihn an sich.

Hannah
  Komm …
Roman
  Magdalena … Ich weiß nicht, wo sie …
Hannah
  … Die Tür ist ja zu … *(Öffnet sein Hemd)*
Roman
  Es geht nicht …
Hannah
  … Zieh das aus …
Roman
  Hannah … Wir kennen uns schon so lange …
  Am Anfang … Ganz am Anfang, im Fahrstuhl,
  da hätte ich dich …
Hannah
  … Da kannte ich dich erst zwei Minuten … *(Küsst ihn)*
Roman
  (macht sich los) Ich kann nicht … Bitte, bald können wir
  nicht mehr atmen!
Hannah
  Ist ja gut! … Es ist nichts passiert …
Roman
  *(versucht weiterhin, die Druckgasflasche zu schließen und sich
  dabei zu erklären)* … Im Fahrstuhl … Am Anfang … Da

lässt sich alles leichter überblicken ... Da ist es nicht so
kompliziert, da ist die ganze Sache noch mehr im Kopf,
in der ... Wie sagt man denn? In der Konstruktion!

Hannah

In der *was*? ... Meinst du, das befriedigt mich? ...

Roman

*(versucht, die Druckgasflasche mit beiden Händen zu
schließen)* Das Außengewinde hakt! ... Also, es hätte
ja alles stattgefunden, es findet ja dann trotzdem
alles live statt ... Ich bin in der Konstruktion, aber
von außen betrachtet, ist es live!

Hannah

Ihr seid doch alle irre ... Na los, setz dich da auf
den Stuhl, Hose runter, ich schau mir das an, in der
Konstruktion!

Roman

Es ist wahnsinnig kalt geworden ... Flüssiger Stickstoff
erzeugt Kälte und Sauerstoffmangel ... Ich erkläre dir
das noch mal ... *(Reißt nebenbei das Fenster auf)* ... Am
Anfang werden die Fakten, also, die Lebensumstände,
die werden durch eine ... ja: beschleunigte Vorstellung!,
durch eine Vorstellung wie in Lichtgeschwindigkeit
wurden die im Fahrstuhl außer Kraft gesetzt, so kann
man's sagen ... Was ist mit dieser verfickten Flasche
los!?

Hannah

Vergiss das Ganze ... *(Läuft durch den Raum)* Er mit seinem *Werk*, von dem es keine einzige Zeile gibt, du mit
deiner *Konstruktion in Lichtgeschwindigkeit*, mein Gott!,
gibt es denn hier irgendwo auch einen lebendigen
Mann?? ... Sebastian ... Er hasst das Leben, er sitzt dort
seit Jahren auf seinem Stuhl und hasst alles, was sich da

draußen bewegt! ... Und alles ist so ernst, es ist immer
alles so ernst, ich habe das Gefühl, wir hatten nie ein
richtiges Rendezvous ... Weil am Ende, da habe immer
ich gezahlt, ich glaube, die Liebe ist irgendwann
mit dem Kapitalismus zusammengestoßen und dabei
kaputtgegangen.

Roman
Sag mal, habt ihr hier Fernheizung? Oder Etagen-
heizung, sonst steuere ich mal eben die Kombitherme
hoch?

Hannah
... Wir sind seit hundert Jahren nicht mehr wegge-
gangen ... Eine Bar ist dekadent. Meine Freunde sind
oberflächlich, spießig und dekadent, und darum ist
auch eine Party oberflächlich, spießig und dekadent,
dabei erträgt er es nicht, dass andere Menschen ihre
Talente in die Öffentlichkeit tragen und seine hier vor
sich hinmodern ... Alle Bücher, die wir herunterge-
tragen haben, sind von Toten, er beschäftigt sich nur mit
den Toten, die können ihn nicht mehr angreifen, ein
Dostojewski hätte aus ihm werden können, sagt er, stattdessen schreibt er über Affen und Katzen! ...

Roman
(versucht es erneut) Normalerweise schließt sich so eine
Druckgasflasche ganz einfach, aber ohne Ventilschutz-
kappe?! ... Ich wette, die hat sie mitgenommen ...

Hannah
... Ich kann nicht einmal mit ihm in den Supermarkt
gehen! Geld in Supermärkten auszugeben ist schlimm
und dekadent, dabei fürchtet er nur den Moment, wenn
ich wieder zahle ... Ich habe ihm Geld in eine Hose
gesteckt und gehofft, er würde auf die Idee kommen,

mich irgendwohin einzuladen, aber er trägt nur noch
diese eine verbeulte Hose ... Mein Rendezvous liegt
da immer noch unentdeckt im Schrank und modert
auch vor sich hin ... Und wenn ich nach Hause komme,
sitzt er da auf seinem Stuhl und liest die Toten ... Im
Fahrstuhl stelle ich mir oft vor, was passiert, wenn ich
hier hereinkomme, und ein Fremder sitzt da ... Er
läuft, ohne ein Wort zu sagen, auf mich zu, fasst mich
an den Haaren, steckt seine Finger in meinen Mund,
ich habe überhaupt keine Zeit für Zweifel, er presst
mich an die Wand, drückt seinen Körper ... Einmal hat
mich Christian ... Hinter der Rezeption von Kapital
Nordinvest, das Seminar war gerade zu Ende, ohne
ein einziges Hallo ist er auf mich zugerannt und hat
mich ...

Roman

*(lässt die Druckgasflasche fallen, schiebt Hannah gegen die
Wand)* Kannst es nicht abwarten, was ... *(Zerreißt ihre
Bluse)*

Hannah

Hör auf! ...

Roman

... Das willst du doch ...

Hannah

... Lass mich los! Ich habe Schritte gehört, er kommt ...

Roman

... Ist doch egal ...

Hannah

... Lass mich los! Es ist zu spät ...

*Magdalena steht im Raum. Roman dreht sich um. Hannah hält
sich die Stoffreste vor die Brüste.*

Roman

– Da bist du ja … Wo warst du denn so lange? …

Magdalena

Ich muss dir noch etwas geben … *(Hält ihm den Kündigungsbrief hin)*

Sebastian

(tritt mit einem Strauß Rosen ein; starrt Hannah an)
– Blumen … Ich habe dir Blumen mitgebracht …
Ich dachte, du freust dich … – In Nordafrika ist die
Revolution ausgebrochen … Haben sie im Autoradio
gesagt …

Roman

(zu Magdalena) Ich bin an diesem Vorgang gar nicht
beteiligt … Die Situation war ganz anders …

Sebastian

*(legt plötzlich die Rosen auf den Stuhl, geht ab, kommt sofort
zurück)* Hannah, ich suche das Erbstück meines Vaters …
Ich kann es nicht finden …

Hannah

Lass uns sofort abfahren … Es ist alles in Ordnung,
Sebastian …

Sebastian

(brüllt) Kannst du dich bitte anziehen!

Hannah

Bitte beruhige dich …

Sebastian

Es ist kühl! … Ich kann nicht mehr atmen …

Hannah

Meine Sachen sind alle im Auto …

Sebastian

(zu Magdalena) Der Brief … Los, den Brief! …
Vorlesen!

Roman

(hält die Pistole auf seine Frau) Du machst gar nichts.

Sebastian

(nimmt Magdalena den Brief aus der Hand, öffnet ihn, liest) «Sehr geehrter Herr Hansen …

Roman richtet die Pistole auf Sebastian, dann, als dieser nicht aufhört, weiterzulesen …

Sebastian

… wie Sie sicherlich wissen, hat auch unser Unternehmen unter den wirtschaftlichen Entwicklungen …»

… feuert er eine Kugel auf Sebastian ab, der mit dem Brief zu Boden sinkt.

8.

Magdalena sitzt auf einem der Stühle. Neben ihr der Koffer,
hinter ihr das Weltall. Nach einer Weile kommt Hannah durch
die Eingangstür.

Hannah

(ins Handy) Christian? – Ich hoffe, dass ich am Vor-
mittag loskomme, keine Ahnung, wie lange das hier
noch dauert … Es ist ein Albtraum, die halbe Vorstands-
etage steht um acht bereit, in bequemer Freizeit-
kleidung, und wer ist nicht da … – Ich rufe dich später
an – *(Wählt erneut …)*

Magdalena

Guten Morgen … Es dämmert schon. – Wie geht es ihm?

Hannah

Ihr Mann ist völlig irre.

Magdalena

Ich weiß. Wir suchen uns immer die Irren aus.

Hannah

Erst fällt er über mich her wie ein Tier, und dann schießt
er meinen Freund über den Haufen … Der ganze
Kombi ist voller Blut!

Magdalena

Gegen Blutflecken hilft Backpulver, meine Großmutter
hat immer Backpulver genommen, mir hat als Kind
ständig die Nase geblutet …

Hannah

Buche ich jetzt ein Hotel, oder was machen wir mit dem
Tauschvertrag??

Magdalena

Wohnen Sie doch erst einmal bei uns?

Hannah

Mit wem? … In welcher Konstellation denn? Es ist ja alles durcheinander … *(Läuft unruhig durch den Raum und tippt in ihr Handy)*

Magdalena

– Zu Hause leben wir zusammen mit einer Puppe. Normalerweise nimmt er sie auf Reisen mit, man kann sie so klein zusammenfalten, wenn die Luft raus ist … Andersherum bläst sie sich von selbst auf. Es gibt sogar eine Fernbedienung, Klick, und sie steht da, wie Gott uns geschaffen hat … Einmal hat er sie im Badezimmer vergessen. Ich kam herein, und sie sah mich an, so wie ich Sie jetzt. – Eine Puppe kann den Geliebten stundenlang ansehen mit schönen Augen, das können wir nicht, die wird nie müde …

Hannah

Mailbox … Mist!

Magdalena

Zuerst habe ich überlegt, ob ich die Luft rauslasse und sie wieder in die Kiste stecke, aber dann dachte ich, wenn ich etwas falsch mache und er plötzlich merkt, dass ich es weiß, dann muss ich ihn doch verlassen? … Manchmal habe ich mich ausgezogen, und wenn er dann ins Zimmer kam, habe ich mich nicht mehr bewegt … Wie phantasievoll er war … Ich habe auf die Verpackung für die Puppe einen kleinen Faden gelegt, um herauszufinden, ob er sie weiterbenutzt, und eine Zeitlang habe ich sie wirklich ersetzt … *(Scheint zu weinen)*

Schweigen.

Magdalena

Wie lange muss er denn im Spital bleiben?

Nur Hannahs geistesabwesende Tippgeräusche.

Magdalena

Wie lange muss er denn im Krankenhaus bleiben?

Hannah

Er hört mich nicht mehr. Die Kugel hat das Ohr gestreift, sie untersuchen jetzt die Gehörgänge. Herz schlägt auch unregelmäßig … *(Ins Handy)* Lieber Herr Dr. Schmidt, ich bin's noch mal, ich hatte Ihnen schon eine Nachricht geschickt, das ist mir wahnsinnig unangenehm. Ich hatte für heute Bewegung vorgesehen, Bewegungsmeditation, es wäre gut, wenn sie einfach bis zum Nachmittag um den See laufen könnten, also nicht Sie, sondern die Gruppe, nicht den ganzen See natürlich, das können wir ja noch besprechen, wenn Sie Ihr Band abgehört haben … Liebe Grüße …

Magdalena

Wie weit ist es denn zum Meer?

Hannah

Sie sind wirklich verrückt.

Magdalena

Sie sind auch verrückt.

Hannah

Vielleicht … Ja …

Magdalena

Ich konnte Sie von Anfang an nicht leiden. Wie Sie sich gleich als Erstes mit ihm in den Fahrstuhl gestellt haben … Als ob ich gar nicht da gewesen wäre … Setzen Sie sich doch mal! Sie sind ja eine Herumrennerin …

*Hannah holt eine Decke und legt sie Magdalena um die
Schultern. Dann setzt sie sich auf den anderen Stuhl, ebenfalls
eingehüllt in eine Decke.*

Magdalena

Meine Großmutter, die mit dem Fluchtkoffer … Sie
hat immer gesagt, unsere Aufgabe im Leben bestünde
darin, den richtigen Mann zu finden. Das hat sie mir
eingemeißelt wie auf eine Gedenktafel … Und Ihnen
hat man gesagt, dass Sie einen finden müssen, den
Sie überflügeln … Aber damit Sie nicht denken, dass
Sie keinen besseren verdienen, muss er intelligent
sein … Stimmt's? Ein glühender Kopf, ein wandeln-
des Buch.

Hannah

In jüngeren Jahren haben sie etwas sehr Anziehendes,
aber wenn sie älter werden … – *(Reicht ihr die Hand)*
Ich heiße Hannah.

Magdalena

Oh … Wir tauen auf.

Sie sehen eine Weile auf die Wand mit dem Weltall.

Hannah

Kommt er wieder?

Magdalena

Bestimmt …

Schweigen.

Hannah

Roman … Am Anfang dachte ich, er hätte etwas von

Christian, das war ... Er war mein Fluchtversuch, bevor
Sebastian und ich wieder ...

Magdalena

... Christian, wie mein Sohn, so ein Zufall ...

Hannah

Es war seine Idee. Es lief alles über Christian:
Dr. Schmidt, die Kurse bei den anderen Banken.
Meist hat er noch die Einführung gehalten und den
Kollegen erklärt, warum jetzt plötzlich Tiefatmung für
die Finanzbranche wichtig ist, dann war er wieder
weg: Frankfurt, Zürich, er sagte, er könnte mich auch für
New York für die Wall Street buchen lassen ... Mein
Leben war von einem auf den anderen Tag eine neue
Welt, es funktionierte alles, aber er hatte auch andere
Frauen, außerdem konnte ich nicht einfach so die
Seiten wechseln ... Als ich mich trennen wollte, wurde
ich schwanger ... Ich sagte Sebastian, dass das Kind von
ihm sei ...

Magdalena

Von ihm ...?

Hannah

Also, von Sebastian, aber das war es nicht ... Ich wollte
wieder mit ihm zusammen sein! ... Sebastian sagte:
Entweder er oder das Kind! Er war so misstrauisch.
Ständig hat er herumgerechnet, in welcher Nacht ich
bei wem ...? Ich habe diese ganze Fragerei nicht mehr
ausgehalten, ich habe es wegmachen lassen, Christian
hat nie etwas davon erfahren.

Magdalena

Wie traurig ...

Hannah

Es würde einen höheren Sinn geben, sagte Sebastian ...

Durch dieses Opfer würde unsere Beziehung einen noch größeren Wert bekommen ... Eine Verpflichtung, die verlorene Seele zurückzuholen.

Schweigen.

Hannah
Nach einem Jahr hat er gesagt, wir sollten nichts überstürzen, dann war es eine wichtige Arbeit, dann hatte er plötzlich immer Kopfschmerzen, und als ich ihn endlich so weit hatte, klappte es nicht.

Magdalena schaut weg.

Hannah
Ich treffe mich wieder mit Christian. Wir sind in Zürich verabredet, ich hatte schon überlegt, ob ich einfach wieder ... und wieder Sebastian sage, es sei von ihm, aber dafür müssten wir wenigstens mal ... Er rührt mich nicht an.

Magdalena
Kann man zusammenbleiben, wenn man sich die Wahrheit sagt?

Schweigen.

Magdalena
Er lebt hier wie ein trauriger, hungriger ...

Hannah
Wolf ... Im Eis!

Magdalena
Ja.

Hannah

(steht plötzlich auf) Ich fahre … Ich warte nicht mehr …
Sag Sebastian, nein, sagen Sie nichts … *(Gibt ihr die
Wohnungsschlüssel zurück)* Decken sind noch im Flur,
oben im Schrank … Hier drin ist es ja kälter als draußen!

Magdalena

Danke … *(Steht auf)*

Hannah

Tee und Kaffee sind in der Küche.

Magdalena

Vielen Dank …

Hannah

Soll ich Ihnen noch Wasser aufsetzen?

Magdalena

Nein, nein … Ich sehe es, Sie gehen …

Hannah

Setzen Sie sich doch wieder …

Magdalena

Alles Gute!

Hannah

Danke … Auf Wiedersehen.

Hannah geht.

Magdalena

– Ans Meer … *(Leise vor sich hin)* Ich fahre ans Meer …

*Sie holt das weiße, gebügelte Hemd hervor und legt es über einen
Stuhl. Sie zieht ihre roten Schuhe aus und stellt sie mitten in den
Raum. Dann umarmt sie sich selbst und tanzt lautlos um ihren
Koffer.*

9.

Am Morgen. – Roman kommt durch die Tür. Er streift sich das weiße Hemd über, bindet sich eine Krawatte, schaut auf die Uhr. Dann nimmt er einen Aktenkoffer und geht.

10.

Sonnenstrahlen fallen durch das Fenster. Sebastian kommt durch die Tür. Er trägt einen Verband. Er steht eine Weile so da.

Sebastian
Hannah?

Stille. Er setzt sich auf seinen Stuhl vom Anfang, nimmt ein Buch aus seiner Jacke und schaut auf.

Sebastian
– Hannah …

Dann starrt er ins Buch. – Mehr Sonne. Es wird wärmer.